醫控天下

第二輯之5

反敗為勝

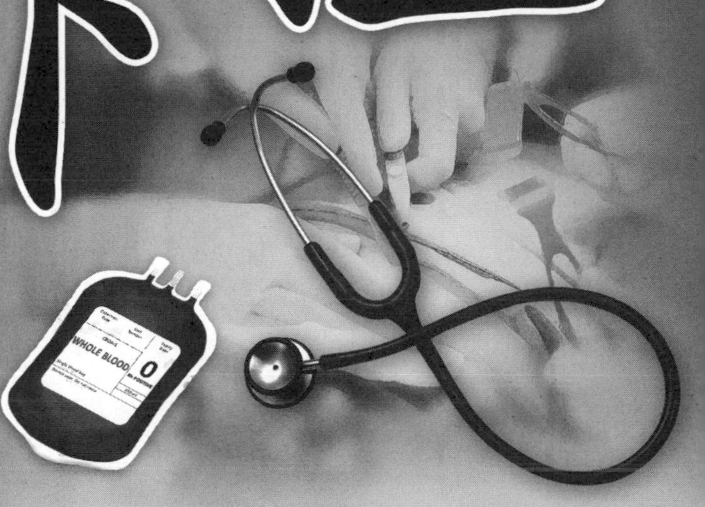

趙奪 著

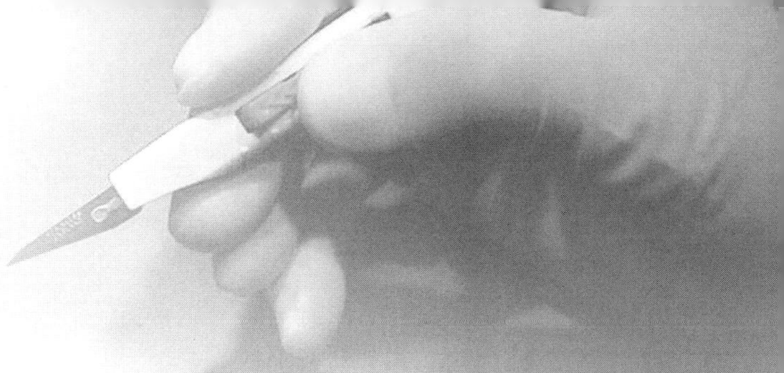

目錄

CONTENTS

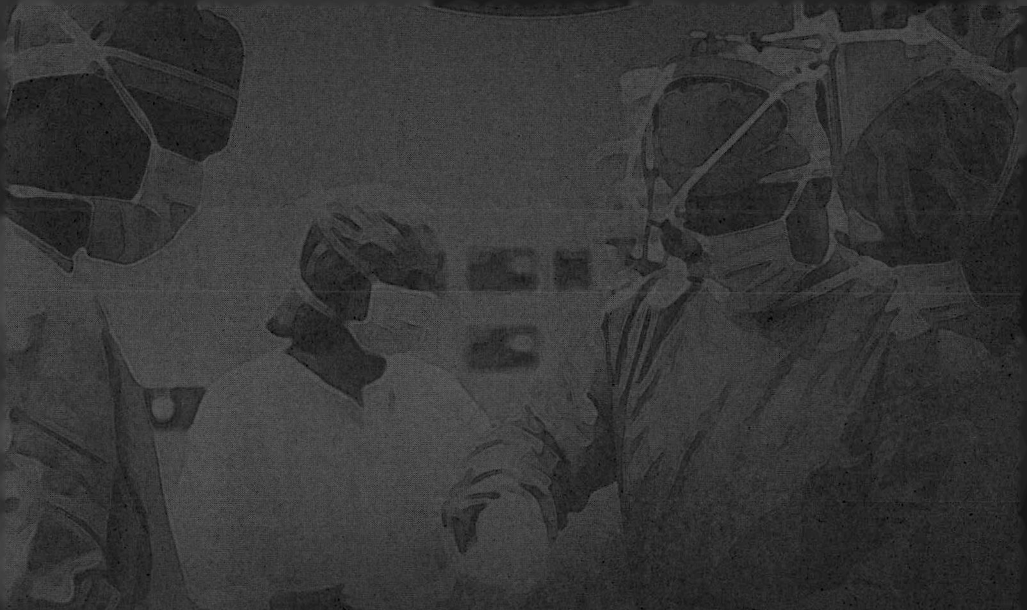

第一劑

神醫的風頭

張帆有點看不懂李傑，眼前這個黑小子對於替康達公司做科研報告，
既不說同意，也不說反對，就是在一直跟他繞。
康達科技業績一般，實力也算一般，如果發佈新藥，恐怕關注度不高，
也沒有一個能拿得出手的人來做這個報告。
李傑則是他的最佳人選，作為最近風頭正勁的神醫，他知名度太高了。

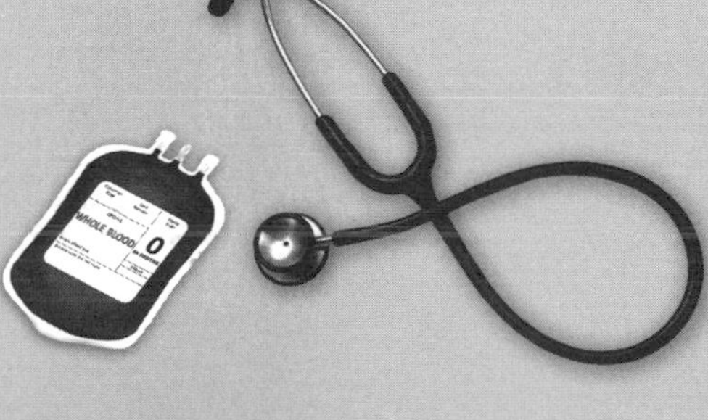

「什麼事高興成這樣啊？」

聽聲音應該是美女！難道自己轉運了？走桃花運了？李傑心想，剛才想到對付袁州的辦法，這會兒居然又有了這種好事！

李傑回頭一看，竟然是于若然。她一襲黃衫，淡雅如菊，一雙小布鞋配著花格裙子讓她的學生氣息更加濃郁。她的打扮讓人更留意她純潔的學生氣質，而不是她近乎完美的身材。

李傑暗道糊塗，這個總是一副義正詞嚴模樣的班長大人的聲音，自己竟然忘記了，自己這副色狼相肯定又被她記下了！

「哎，沒啥！沒啥！你找我有事麼？」李傑失望地說道。

「沒事就不能跟你打個招呼麼？」于若然氣鼓鼓地說道。

「當然不是！當然不是！」李傑笑道，接著他又裝出一副紳士的樣子說道：「尊貴的小姐，很榮幸見到你，你的美麗與高貴的氣質讓我驚歎，我能知道你的名字麼？」

于若然雖然早知道李傑油嘴滑舌，有些無賴的性格，但卻總不能適應，打也不是罵也不是，欣然接受就更不可能了。

「見到小姐已然是三生有幸。雖然不知小姐芳名，但小生也會將小姐美麗的容顏記在腦海中，閒暇時可以欣賞一番以……」

李傑見到于若然雖然沒有反應，但是明顯有些害羞，自己這明顯開玩笑的話，她卻總是當真。

李傑又感覺自己挺無聊的，於是又說道：「我要去醫院，你去麼？下一個手術可能最近就要進行，這個月內要將臨床的手術實驗做完！」

于若然雖然不習慣李傑跟她開玩笑，總是害羞的樣子，但是內心卻是挺高興跟李傑在一起的。

能做李傑的助手，她一直都覺得挺幸運，也很喜歡這個工作，於是點頭同意。

李傑與于若然在大太陽下等了十幾分鐘，終於來了一輛公車。

公車上的人雖然很多，但等車的人更多。車停穩了後，李傑二話不說，拉著于若然的手就往車上擠。

于若然的手被李傑緊緊地握著，她能感覺到李傑剛健有力的手掌，也能感覺到自己狂跳的心臟。

李傑可沒想那麼多，他連抓著于若然是什麼感覺都沒來得及感受。他這樣做是因爲車上的人多，想快點拉著于若然上來，不然肯定找不到好位置站，甚至有可能得等下一班車了。

公車緩緩地開動了，這個時間，大街上汽車也很多，公路上也很擁擠，公車開得很慢。

李傑覺得自己全身都被汗水浸透了，車內悶熱無比，雖然開著車窗，但是卻感覺不到一絲的風吹進來。

這時，平穩行駛的汽車突然來了個急刹車，毫無準備的李傑重心偏移，差點摔倒，還好他及時抓住扶手才沒有摔倒。

但這一個踉蹌，讓李傑撲到了于若然的身上。

李傑想恢復原來的樣子，卻發現自己剛才站的位置讓人給搶了，現在他被擠得無法動彈，于若然此刻緊緊地貼在了他胸前。

懷中雖然有美女，李傑卻無心享受，低頭看了一眼于若然，她很意外地沒有暴怒，而是低著頭不說話。

難道猛禽變小鳥成爲了現實，于若然竟然也可以如此小鳥依人。

公車好不容易到了第一附屬醫院，于若然飛似的逃離了公車，她還在爲剛才與李傑的親密接觸而害羞。

李傑倒是很大方，跟沒發生過任何事一般！兩個人一前一後地走進第一附屬醫院，認識的知道他們兩個是一起來的，不知道的根本看不出這兩個人有什麼關係。

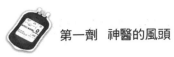

第一附屬醫院的醫生們今天似乎都很高興，李傑也沒去問怎麼回事便直接去了院長室。

院長辦公室裏除了院長外，還有一個陌生人，那人六十多歲瘦瘦的樣子，面目慈祥，頗有幾分仙風道骨、得道高人的樣子。

「李傑，你來得正好，有幾個好消息，你可能還不知道吧！」院長同醫院的其他人一樣高興。

「我一天都在學校的學術報告廳裏，怎麼會知道！」

「首先是，你要畢業了，我已經爭取你來第一附屬醫院了！在這裏，你可以不受世俗的約束，即使你剛畢業，一樣可以主刀！另外就是，我們醫院支援災區的隊伍要回來了！」

「真的！實在太好了！」李傑高興的是志願隊伍要回來這件事情，對於他畢業後的去向卻不是那麼關心！

「你先別高興得這麼早！其實還有一個好消息要告訴你！這位是張醫生，同時兼任康達科技公司的經理！」

李傑禮貌地與他握手，這個人的手保養得很好，甚至比李傑這個最愛惜手的人還要強上幾分。

「您好，我是康達科技的張帆，想跟您合作，請您為我們公司做一個研究報告！」

合作？報告？李傑聽得一頭霧水，但轉瞬之間就明白了。自己的事鬧得滿城風雨，都快要成明星了。

康達公司應該是製藥公司，這個公司想利用李傑在大眾中的聲望宣傳一下。在淳樸善良的百姓眼中，他救了陳書記，並且年紀輕輕就頂著天才的光環，在袁州質疑下也完成了手術！李傑現在就是神醫。

可是，李傑根本就不知道他們的產品，心想自己如何能夠做這個報告呢？

張帆有點看不懂李傑，眼前的這個黑小子說話繞著繞著就十萬八千里去了。對於替康達公司做科研報告，他既不說同意，也不說反對，就是在一直跟他繞。

他們康達公司是一個小公司，研發實力很強，這次的藥物研究很有商業價值。雖然他是一個科研工作者，但是他也知道商業的重要性。

手裏的研究成果、重要的商業價值需要開發出來，需要轉換成金錢，科技工作者也不是修道者，他們也需要金錢。所以，他立刻找到了第一附屬醫院的院長，也找到了李傑。

康達科技業績一般，實力也算一般，如果發佈新藥，恐怕關注度不高，也沒有一個能拿得出手的人來做這個報告。

李傑則是他的最佳人選，作爲最近風頭正勁的神醫，他知名度太高了，在非醫療界也是人們津津樂道的話題。

同時，他還有更深一層的關係。李傑是陸浩昌的得意弟子，製藥這個領域，陸浩昌就是中國的旗幟，雖然他出國了，但是他的影響依舊很強。

「院長，咱們的那些同事什麼時候回來啊？我可都想他們了！」李傑突然停止了跟張帆閒扯，向院長問道。

院長在心中計算了一下，說道：「大約兩天以後吧！現在醫生需求量少了，他們第一批的醫生都要撤下來。我看你想大家是假的，真的是想石清吧！」

看似玩笑的一句話，卻是在提醒李傑，他在告訴李傑，石清基本上就會留在第一附屬醫院。你不能得罪我，你們兩個以後都要留在這裏。

這話在李傑這裏根本引不起任何的反應，但是在于若然的心裏卻掀起陣陣巨浪。石清是誰她可是知道的，一直在學校裏的于若然從來沒有想過李傑會跟石清在一起。

她覺得自己一直都是一廂情願，再一想，李傑在這方面的確從來也沒有說過什麼，他沒有否認過什麼，更沒有承諾過什麼。

李傑卻沒注意到于若然的異樣，笑著說道：「沒有，都是一樣的！大家都是同事麼！」

李傑這話假得不能再假了，誰都能聽得出來，李傑是在說謊話，可于若然卻願意相信這是真的，相信兩個人不過是同事。女人都是傻的，特別是于若然這樣的女人。

「院長，我也不打擾你了。我先走了，臨床實驗我希望儘快結束。這也是江振南教授的意思，您知道。這些臨床實驗會是成功的，不會再有任何風險！」

「好了，放心吧！我會安排的！」院長說道。

李傑剛離開，張帆就對院長道：「你說，這小子什麼意思？你不是說他肯定願意麼？」

「你放心，他會願意的！」院長自信地說道。

走出院長室的李傑覺得自己正在鍋裏，一動不動地讓人家給煮了。院長說的什麼好消息，全是甜言蜜語、糖衣炮彈。

他李傑剛定了溫水煮袁州的計策，這會兒院長還要煮他李傑，他當然不能同意。

李傑剛才既不說同意，也不拒絕，只是有一句沒一句地閒聊，是有自己的打算的。俗話說拿人手短，一進屋，院長給李傑個好消息，讓他留在第一附屬醫院，就是想引誘他同意。

如果李傑之前沒得罪過院長還好，可是誰都知道他李傑那次在陳書記的病房裏不給院長面子。他想留在第一附屬醫院，那必須付出點什麼。他唯一能做的就是做研究報告！否則他就只能拍拍屁股走人，這是很明顯的事情。

人才的確可貴，可是在院長的眼裏，有些東西更加寶貴，那就是他的面子，不容置疑的權威。

醫院裏，工作從來就沒有時間概念，特別是附屬醫院派出醫療隊以後，醫院一下子少了好多醫生。附屬醫院的醫生一直都是緊缺的，很多醫生一天要看一百個以上的患者。

工作一直都很累，現在醫院人員又不足，他們更要加班加點地幹活了，更可氣的是，從來不給醫生加班費。

李傑當然不能讓同志們獨自「戰鬥」，雖然他現在只是一個實習生，而且還是一個馬上要離開的實習生。

「于若然，我先送你回去吧！等一下我打算在醫院待一會兒。」李傑說道。

于若然使勁地搖了搖頭，說道：「我也留在這裏。」

她覺得如果不搞清楚李傑和石清的關係，她是怎麼也無法安心的，就算回去了，心裏想的也會是這件事。

「那就跟我來吧！」李傑說道。他也沒有多想什麼，反正于若然也是學醫的，既然也要走自己這種提前畢業的路子，到醫院來學習也是一個好辦法。

外科診室的裝修簡單，一張桌子，幾把椅子就是一個看病的診室。

李傑穿著白大褂一本正經地坐著，于若然也不知道哪裏弄來的白大褂，但是沒有醫生的牌子。

李傑算是一個好的外科醫生，在手術台上幾乎無所不能，但是坐診他可算不上頂尖，充其量只算是一流，不過，應付這樣的場面卻是足夠了。

診斷這方面，在李傑的印象中，一流的專家當然要數胡澈醫生，他是李傑見過最厲害的醫生。想到胡澈，李傑的思緒又飛到了家鄉。

姐姐李英也不知道怎麼樣了，不知道她生活得如何，現在，新居也應該修建完畢了罷，藥店經營得如何呢？這些，李傑很關心，卻是不知道。

「醫生，醫生，你救救我啊！好疼啊！」患者看著呆呆的李傑，李傑這才反應過來。

他過去一看，眼前的這個患者肩關節脫臼了，需要正骨！不過這個患者也太誇張了，脫臼也沒有痛得這麼厲害吧！

這樣的一個大男人，可憐巴巴的，幾乎眼淚都流出來了！李傑輕輕地扶著他的胳膊問道：「大哥，你是做什麼的啊？」

「我啊，我是賣藥品的！」

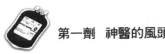

「我們還是一家人啊！以後多多關照啊，說不定小弟哪天不做醫生了，跟您下海經商去！」李傑笑道。

「行！到時候，你就找我。我……哎喲！」患者慘叫一聲。

「你個臭小子，到時候我肯定不管你，疼死了！」患者怒吼道。

李傑也不理他，淡淡說道：「于若然，去處理一下，然後叫下一位！」

患者正要發怒，卻發現自己的胳膊好了，這才明白，李傑剛才是在分散他的注意力，立刻羞愧得直道歉。

這樣的事情李傑經歷得太多了，很多患者以為醫生問你事就是在打探消息，以便收個紅包撈點好處。

當然收紅包這樣的事也有，但是更多時候，醫生這樣說是在分散患者的注意力，讓患者放鬆。如果這個脫臼患者不放鬆，一碰就痛，恐怕李傑有天大的能耐也不行，誰也不能不碰他就治好他。

送走這個脫臼的患者以後，又迎來了一對恩愛的老年夫妻。老人走路顫顫巍巍的，如果不是老伴扶著，恐怕一步也走不了。

「大伯、大娘，請問您這是哪裏不舒服呢？」李傑擺出自認為最好看的笑容說道。

「你不是上次的醫生啊！我們上次的藥吃完了，過來拿藥的！你能給我們開藥麼？」患者的老伴說道。

李傑問道：「上次的處方還在麼？」

老人在身上找了半天，終於拿出一張皺巴巴的紙遞給李傑。處方上的字體龍飛鳳舞，如果不是他對這些藥物的名字熟悉萬分，恐怕他也認不出來。

「于若然，你幫這兩位老人去算一下賬，按照這個取一些藥來！另外把原來方子的藥物也給我找一份來。」李傑問明病情，新開了不同藥物的處方遞給于若然。

處方上寫的藥物讓李傑產生了巨大的興趣，其中一種藥物正是剛才張帆的康達公司生產的藥物，那藥物的名字他記得很清楚。

康達的藥物目前還是臨床實驗階段，具體的效果並不明確，而且有什麼副作用也不清楚。眼前這位老人需要的是成熟的藥物，這樣的實驗不應該用在他身上，萬一療效不好，或者有副作用，弄不好就是致命的。

李傑把玩著手中的藥物，康達藥物包裝很精美，如果只看包裝，只看說明書，沒有經驗的人肯定會被它們的神奇功效所迷惑。

這些藥物實際到底怎麼樣，必須看他的研發報告，瞭解康達藥物的本質才行。這只有研究人員才清楚。

李傑將正在康達試驗中的藥物收起來，然後將他新開的成熟的藥物遞給兩位老人，扶著他們出了門診。

「李傑，爲什麼給他們換藥物？」于若然不解地問道。

「這個是剛剛我們在院長室見到的那人的公司生產的藥物，正在試驗中！你明白了麼？」李傑輕描淡寫道。

「你什麼時候幫他們做報告啊?院長真是器重你，也不知道我以後能不能留在第一附屬醫院！」于若然幽幽地說道。

李傑覺得這個女孩子天真可愛，人情世故，社會黑暗什麼都不懂。她這是真正的純真，不似張璇有著天使一般可愛的面容，但內心卻是壞的，她總會算計你一下!

「我還不知道，等再瞭解一下情況吧！」李傑突然又決定做這個康達的報告了。

院長雖然對張帆說自己有把握，可是他心裏卻明白，李傑這個人是誰?陸浩昌那樣的人都無把握將李傑綁住，更別說他了。

但是已經誇下了海口，他怎麼也不能在張帆面前丟臉，但是怎麼讓李傑這個頑固分子屈服卻讓他想破了腦袋。

院長正在苦惱的時候，李傑竟然主動找來了。

「院長您還在忙啊！」李傑笑道。

「還不是爲了你在忙，李傑你要知道，我可是爲了你好！你想想，張帆的康達公司也不弱。他能找到你，是對你能力的肯定，你也會得到很多的好處麼……」

「院長，我來了就是要告訴您，我希望做這個報告。但是出於對患者負責，我也需要去他們研究室看看吧！醫生要有一種負責到底的態度，這也算是對自己負責罷。」

院長沒有想到李傑改變了主意，剛剛離開這麼一會兒竟然又主動找回來了。他準備了很多話都還沒來得及說出來。

「院長，如果沒別的事，我先走了！」

藥商和醫生的關係很奇怪，他們既是對手又是夥伴。

在合作的同時，醫生又在爲藥價與藥商們爭鬥著。醫生希望藥價更低，他們不想因爲這些藥商而背負惡名。

醫生的惡名多是因爲醫療費高，而醫療費高則多是因爲藥物和器械價高。其實，醫生還是挺委屈的，特別是小醫生，工作最累，卻沒有高收入，而且還會背負著開高價藥的惡名。

這些藥如果是好藥，李傑當然會去幫一下，畢竟是國營企業，而且國產藥怎麼也要比進口的便宜點。

其實，李傑開始的拒絕並不是不願意幫忙，他實在是事情太多了。如果不是這些藥在第一附屬醫院試用，他也不會改變主意的。

他主要是對這些藥物產生了興趣。根據藥物的說明書，這些藥物療效實在是強大！他內心裏還是希望這些藥物是好藥，是爲患者負責的藥物。

如果是好藥，李傑很樂意幫忙，如果是假貨，他也很樂意揭穿它。李傑覺得這也是對自己負責。

離城區不遠的郊外，康達的研究室就在一個四層高的普通小樓房內，這裏面積雖然不大，但是環境不錯，樹影斑駁，鳥語花香。

張帆是一個急性子的人，在接到院長的通知後，第二天就找到了李傑，然後就專車將李傑接去研究室參觀。

「李醫生這邊請，這裏是我們的研發室，小了點！」張帆自嘲道。

「當年陸浩昌教授的實驗室比這裏還小，真佛經常出自小廟啊！」李傑說道。

張帆聽到李傑的話高興極了，昨日李傑還是拒絕，怎麼一日就變化這麼大了？誰不知道陸浩昌教授的免疫抑制劑的神話？他憑藉一個研究專案就進入了世界上最頂尖的製藥公司，這個故事已經成爲了他們這些人的學習榜樣。

「借您吉言，這邊請！」張帆高興地伸手道。

小公司玩技術，大公司靠資本。康達想要出人頭地，沒有絕對強的技術是不行的，現在每個人都在拚命，爲了公司在拚命，爲了自己的前途在拚命。

李傑看到他們的工作勁頭，感覺有點慚愧。他想起了當年在陸浩昌實驗室的那些日子。自己用的是學過的東西，幹什麼都輕鬆。

此刻，他也更加明白憑有爲等人的心情，付出了努力付出了汗水卻得到失敗的結局，這是最讓人痛苦的。

直到此刻，李傑才是真心地想幫助康達公司，希望這些人的努力能夠得到回報，希望康達研究能夠真正成功。

對於藥物研究，李傑並不陌生，畢竟他也研究過藥物。

康達的員工們對於李傑的來訪並不在意，依然全心全意地工作著。

「張醫生，能給我介紹一下這個藥物麼？」李傑問道。

張帆就知道李傑肯定會問他，他早就準備好了答案，微笑著說道：「冠心病是因冠狀動脈硬化，心肌血液供應發生障礙引起的心臟病。根據它的常用藥物效果，我們發現了維生素，我們是將兩類化合物進行拼合，合成了……」

作爲心胸外科醫生，李傑對於心臟方面的研究很深，對藥物也有不少瞭解。一個好的外科醫生除了手術以外，對於藥物的研究也是很重要的。

張帆所說的藥物研究理論很明確，論據充分有力，即使沒有見到完整的報告，但李傑已經對這種藥物的效果相信了七八分。

康達只有一個獨立的辦公室，那就是老總張帆的辦公室。它的裝飾樸實卻很實用：一個書櫃，一張辦公桌，一排木椅，簡單而又有點溫馨的感覺。

正對著辦公桌的是大大的玻璃窗，外面的環境可以一覽無遺。李傑靠著木椅坐下，邊品嘗香茗邊說道：「張醫生，這裏環境還真不錯，搞研究搞累了還能看看風景！」

「李醫生說笑了，忙得天昏地暗的，怎麼有時間看風景！」

李傑笑著不答話，他沉醉於杯中的香茗之中，雖然李傑不是什麼品茶名家，但茶質大體還是能分清的。

這茶香氣怡人，入口後感覺潤滑生津，舌底泉鳴，心曠神怡，他認為非頂級茶葉不能有這種感覺。

「這就是研究資料，你看看吧！然後，臨床的應用資料需要的話，您回醫院就能拿到！」張帆遞給李傑厚厚一疊資料說道。

資料很厚，而且是中英文雙版本的。看來張帆信心不小，似乎還要在國外銷售。李傑打開第一頁認真地看了起來。

張帆沒想到他竟直接在這裏看了起來，這麼厚的資料也不是這麼一會兒就能夠看完的，於是乾咳一聲，說道：「李醫生，這次要麻煩你了，這麼多東西，恐怕要看上個幾天！」

「沒事，都是醫生，不也都是爲了治病救人麼！」李傑不解人情地笑道。其實他並不用看上幾天，這上面的東西李傑都是很清楚的。

他只需要驗證這個說法，知道他是真是假，知道他能否達到這個效果。所以根本不用一張一張地全部看完，大約只用一天的時間就可以搞定這一疊厚厚的資料。

張帆看到李傑似乎沒有什麼反應，於是將早已經準備好的禮物遞給李傑，說道：「李醫生，小小心意，務必收下，這個事就勞您費心了！」

李傑一愣，沒有想到張帆竟然會送他東西，再看看張帆手中的禮物盒，雖然猜不出是什麼，但無論貴賤，李傑都是不能要的。

張帆不等李傑拒絕，將禮物放到李傑手裏，繼續說道：「我沒有什麼其他的意思，對於藥物的好壞，您只要公正評判就可以！這個禮物是我們兩個人之間表示友情的贈送！」

「君子之交淡如水，我們不用弄這世俗一套！」李傑淡淡地說道。

大紅的盒子裏面不知道包裹著什麼樣的東西，但是誰都知道，可以讓張帆當做禮物送李傑的肯定不會是凡品。

李傑現在算是康達公司很重要的一個「棋子」，事情無論如何不能搞砸了。張帆被李傑拒絕後，臉上有些掛不住，但是他修養極好，馬上就恢復了常態，但是看著全神貫注地看資料的李傑，他卻也不知道該說什麼。

屋子裏有些悶熱，辦公室並沒有開空調，只有一台老舊的電風扇無力地吹著，然而卻怎麼也不能降低一絲的溫度。

李傑似乎老僧入定一般，看了半個小時卻一動不動。其實他手中的資料晦澀難懂，甚至可以說根本不是人看的東西，一連串的陌生詞語，各種複雜的機理作用，如果換了別人，在這麼熱的環境裏恐怕早睡著了。

李傑閱覽速度非常快，僅僅半個小時的時間，他已經將這個藥物的核心技術流覽了一遍，只剩下最後的一丁點，估計再有十幾分鐘就可以完成了。

在李傑馬上要看完資料的時候，張帆卻已經等不及了，屋子裏的悶熱讓他覺得快要死了。今天本以爲事情會很順利，誰知道禮物竟然卡在手裏送不出去。

茶几上的大紅錦盒，裏面裝的是一件價值連城的瓷器，是他父親在動亂時拚了命保留下來的精品。

他本來準備了一套話想告訴李傑這個禮物是多麼的珍貴，誰知道李傑看了一眼，竟然直接拒絕，讓他那些話全都憋在了肚子裏。他有些擔心，害怕這件事情恐怕就是一場夢而已，自己的夢想恐怕會在此刻破裂。

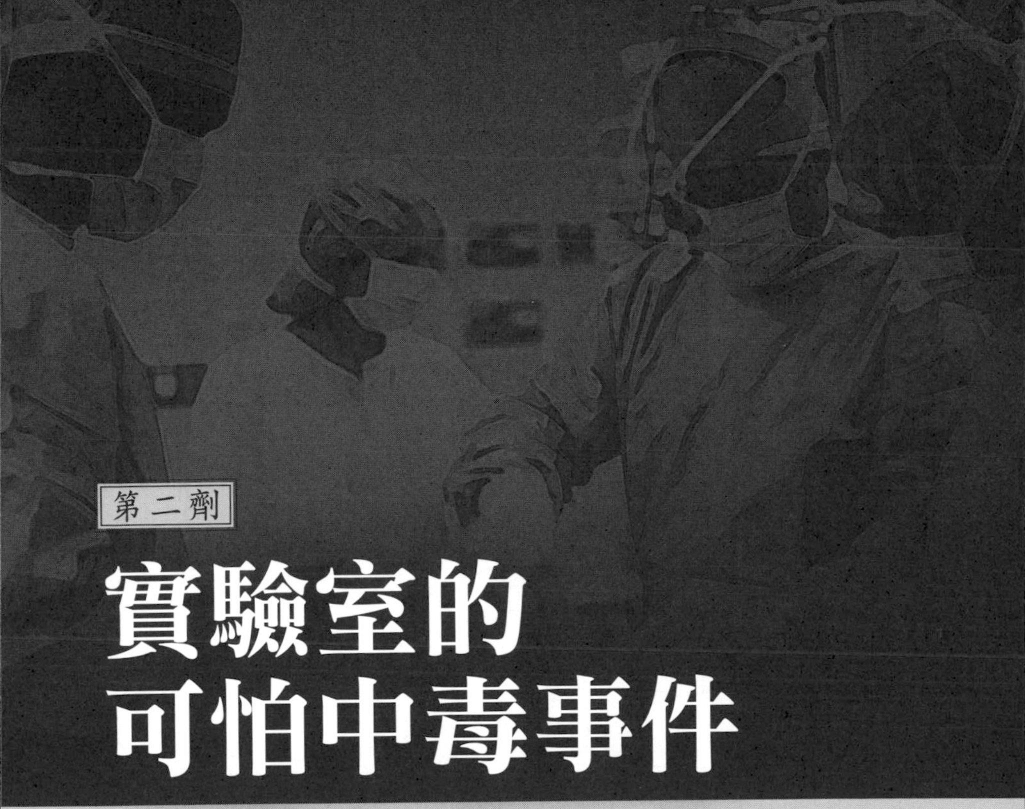

第二劑

實驗室的可怕中毒事件

「她中毒了，告訴我她正在做的實驗！」

「不可能的，她做的實驗物品沒有毒性！」剛才抱著這個女孩的高大男孩說道。

「告訴我，她做的實驗的名稱！」李傑大聲呵斥道。

「氧洛爾……」他剛剛說出幾個字，李傑就已經明白了。

眼前的這個男孩很顯然就是這個女孩的男朋友。

女朋友處於危險之中，他是不會說謊的，

可是氧洛爾根本就不能造成這種中毒的症狀。

難道不是中毒？李傑暗想。

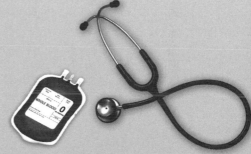

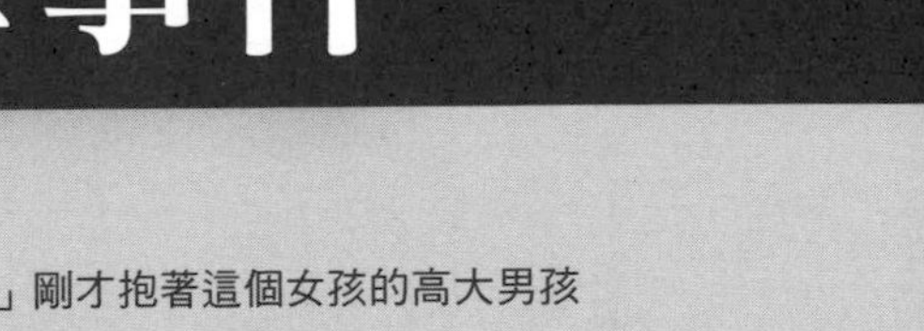

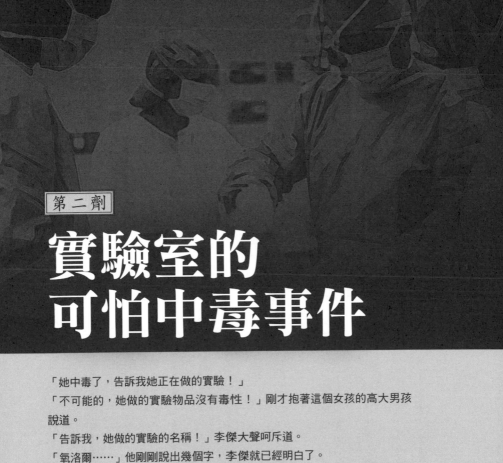

「救命啊！有人暈倒啦！」

「叫救護車！」

張帆的辦公室外突然一陣騷動，然後傳來聲嘶力竭的呼喊聲。李傑反應極快，這是醫生多年練就的職業素養。他丟掉手中的資料，快速衝出辦公室。

辦公室外的實驗台上凌亂不堪，各種玻璃實驗器皿碎了一片。一個面容清秀的女孩倒在地上，另一個高大的男孩則抱著她拚命地呼喊著。

其他的同事們已經慌了手腳，一部分叫嚷著打電話，另一部分則叫嚷著應該如何急救。他們都是學藥理的，雖然也多少學過點臨床知識，但畢竟不是醫生，所以在這方面的這種表現也算是正常。

女孩已經意識喪失，並且肌肉抽搐、呼吸困難。種種跡象表明，她此刻情況很危險，如果不及時救治，恐怕難以活命。

「讓開，大家都離開這裏！她可能是中毒了，先把她帶出去！」李傑高聲說道。

患者瞳孔散大，呼吸異常，是突發性的急症。看到患者的情形，李傑心想，這必是中毒無疑！解救中毒者，首先就是找出並離開毒源，按症施救。

「她中毒了，告訴我她正在做的實驗！」

「不可能的，她做的實驗物品沒有毒性！」剛才抱著這個女孩的高大男孩說道。

「告訴我，她做的實驗的名稱！」李傑大聲呵斥道。

「氧洛爾……」他剛剛說出幾個字，李傑就已經明白了。

眼前的這個男孩很顯然就是這個女孩的男朋友。女朋友處於危險之中，他是不會說謊的，可是氧洛爾根本就不能造成這種中毒的症狀。難道不是中毒？李傑暗想。

「李醫生，求你救救靈靈！」男孩哀求道。

李傑當然想救人，可是他無論如何也得先找出病因才行。這個女孩的症狀根本不是突發疾病，而應該是中毒，但是這個症狀卻又不符合她所做的實驗可能導致的結果。

康達的實驗室器械簡陋，防護措施很少，這也是這種小實驗室的通病。像這樣的小實驗室經常會有中毒這樣的意外發生。這群年輕的男男女女們，爲了自己的夢想，爲了自己的事業，將青春、將生命揮灑在枯燥的實驗台上，可是他們卻面臨著這樣的危險。

「張帆！她到底做的是什麼實驗？說實話！」

李傑實在沒有辦法了，他肯定自己的診斷沒有錯，這個叫做靈靈的女孩，她絕對是某種化學物質中毒，但絕不是剛才那個男孩說的那種。

現在，眼前這個女孩眼見著已經不行了，如果再不救治，恐怕等不到救護車來，她就會死掉。

張帆被李傑的暴喝嚇了一跳，頭上的汗如水一般流下，他支支吾吾說道：「她，她就是氧洛爾……」

「到底是什麼？甲苯？二甲苯？……」李傑吼道。

康達的員工們都在疑惑地注視著張帆，個別聰明人已經猜測到了其中的玄妙。張帆知道無法抵賴，於是低聲說道：「苯！」

這裏雖然是製藥廠，但是各種藥物試劑卻多得很。知道了具體的毒源，事情做起來就容易多了。

女孩的男朋友在一旁緊張地看著李傑的急救，那精準的判斷以及緊急的施救手法都讓他再也不敢小瞧李傑。

一般來說，判斷清楚狀況後，即使是一個普通醫生也能夠輕易地救治這個患者了。

康達的員工們對剛才老闆張帆的表現非常地不滿，特別是那個叫郭超的男生，他是名牌大學的高材生。他和女朋友爲了夢想而放棄了高薪的工作，來到康達工作。

可這一切到頭來竟然是欺騙，爲此，周靈靈還差點丟掉了性命！郭超如何能夠理解這一切？他已經心灰意冷。此刻，他相信了社會的腐敗現實的存在。

張帆也知道了後果的嚴重，他強裝著微笑說道：「這一切都是誤會，不過是意外而已，大家不要害怕！以後絕對不會發生這樣的事情了！」

老闆雖然儘量地鼓勵著，但是員工們卻不領情，他們根本不相信張帆所說的話，這個老闆說過太多的謊話了！

本來他們打算做完這個項目離開的，但是眼前周靈靈的例子讓他們紛紛決定提前離開！每個人都愛惜自己的生命，誰都害怕成爲下一個周靈靈。今天多虧李傑在這裏，如果李傑不在這裏，誰都知道，周靈靈恐怕堅持不了多久就會斃命。

張帆此刻覺得天彷彿塌了下來，在最重要的時刻，竟然發生這樣的事情，這無疑是在自己抽自己的嘴巴！

李傑擦了擦頭上的汗水，這個女孩的生命體徵終於穩定了，已經沒有了生命的危險。救護車此刻也已匆匆趕過來了。

「已經沒事了！」

「真是謝謝你了！」郭超感謝道。

「沒事沒事！不過是一個意外！張總，下次藥物要注意點，不要弄錯了，很危險的！」

張帆早就聽說過李傑的固執，這是一個眼睛裏揉不得一點沙子的人，但是這次他竟然草草地放過此事，這讓他喜出望外。

「我會注意的！」張帆愧疚地說道，然後又對著手下員工們抱歉道，「這都是我的錯，我對不起大家了，馬上到了完成的階段，是我急功近利了！」

李傑此刻內心矛盾重重，他真心希望康達能夠扛起一面藥業的旗幟，希望其研究的冠心病藥物能夠真正地成爲市場上的主力藥物。

但是他又覺得這個張帆沒有那麼簡單，似乎有什麼事情在瞞著自己。

救護車的到來，讓郭超終於放下懸著的心。周靈靈在李傑的救治下成功地度過最初的危險期。

雖然如此，但他卻再也控制不住自己心中的怒火。最讓他傷心的事情，莫過於被自己相信的人欺騙。

郭超在送走心愛的人以後，他轉過頭來，捏緊拳頭，面向著張帆。

「這是怎麼回事？你到底在瞞著我們什麼？」郭超對著張帆咆哮道。

在場的不僅僅是郭超，除張帆外，幾乎所有人都想知道，到底發生了什麼事？爲什麼實驗室會發生這樣的意外？

李傑雖然只是看了一小會兒資料，但是他卻基本把握了這個實驗的大體走向。實驗無論怎麼做，都不會出現苯的合成這一步。

周靈靈的苯中毒可以說是一個意外，實驗中的意外。又不能算是一個意外，她自己肯定也知道自己在做什麼實驗！那到底是怎麼一回事呢？

「沒有瞞著你們什麼！這不過是試驗中的一個意外，大家不要害怕，我們的實驗已經進入尾聲！大家再堅持一下，做實驗也要注意安全！」

張帆鎮定了一下情緒，他的再次肯定的回答也使得郭超和其他人慢慢冷靜下來。

中毒是一件可怕的事情，出了這種事，沒有人不害怕的，但害怕也就是那麼一會兒的事，他們從第一天工作的時候就都明白，這個工作有一定的危險性，當然危險是可以避免的，只要操作得當，就不會發生。

此刻雖然出了意外，但是大家卻都沒有退縮的意思。周靈靈中毒雖然可怕，但比起事業來，這點危險不算什麼。

張帆說得很對，實驗已經進入尾聲，堅持一下，一切都會過去。成功了，一切都會有了，此刻退縮就等於失敗了，努力了那麼久，如果失敗了，就什麼都沒有了！

「沒事了，沒事了！大家以後實驗的時候要小心，都注意點吧！」李傑大聲說道。接著他又對張帆說道，「報告會準備一下吧！隆重一點，我將讓所有人都知道康達的藥物！」

張帆沒想到李傑竟然這麼痛快地就答應了，這可是一個天大的喜訊。只要有李傑的推薦，藥物必然有個好出路。

不僅僅是張帆，在場的人都覺得看到了希望，藥品研發是重要的一環，藥物發佈則是成功過程中最重要的一筆。

這年頭，酒香也怕巷子深，就算你的藥物再好，如果沒有好的宣傳，沒有一個好的銷售管道，一般來說是不可能成功的。

晚上，李傑拒絕了張帆熱情的邀請。他直接回去了，他可沒有時間去跟張帆吃飯。

「生命之星」的學術交流還有兩天就結束了，最後一日的壓軸大戲是安德魯的最新研究報告。

安德魯有中國血統，從小也是在家庭的薰陶下對祖國有著無限的嚮往。他雖然長在美國，但卻依然心向中國。在這裏發佈他的最新報告，也是幫中華醫科研修院提高知名度。

他在這裏的每天晚上，都會為這個學術報告做一些準備。這是第一次在祖國做報告，雖然已經準備充分，可他快到做報告的時候，整個人卻如同得了魔症一般，總是胡思亂想，總是怕出問題。

「安德魯，你原來也有緊張的時候啊！」阿瑞斯不知道什麼時候偷偷地跑進來，對安德魯挖苦道。他的身邊還有同來的李傑。

「滾開，你別打擾我！」安德魯吼叫道。然後，他趕緊將資料收起來，他要保持自己的天才形象。這是在別人面前從來都不用學習，但是卻比所有人都強的形象。

「真對不起，我們這次來，就是要打擾你的！」阿瑞斯嬉笑著說道。

李傑從文件夾裏拿出一疊資料，遞給安德魯，然後說道：「你看看這個！我國一個小公司生產的藥物。」

安德魯雖然平時瘋瘋癲癲，就跟一個傻胖子似的，但正經起來卻又是一副模樣。他知道李傑這個人從來不會無緣無故地麻煩別人，而阿瑞斯又是神通廣大，且眼界極高的人。

安德魯心想，這個小公司產的藥品必然不凡，或者有什麼重要事在裏面，於是，他二話不說，翻開資料就認真閱讀起來，卻將他原本準備的東西統統拋開。

瞭解一種事物並不需要知道他的全部，通常只要明白其中的關鍵步驟就可以了。安德魯對於製藥這方面本來就很熟悉，手中的資料又是經過李傑簡化過的，所以他只用了十幾分鐘就已經掌握了其大致的內容。

「這是一個很厲害的公司啊，竟然可以將藥物這麼做！難道他們已經研究成功了？」安德魯問道。

「這正是其中的問題所在，你怎麼認爲？你覺得他們成功了麼？」阿瑞斯說道。

安德魯將資料扔到桌子上，他坐在寬大的椅子上，左手摸著肥碩的下巴陷入了沉思。這是一個驚人的研究報告，這是一種很尖端的技術，很驚人的成就。

「可以透露一些消息給你，他們的實驗中，有很多地方不符合這個內容上寫明的步驟，我去了一次他們的實驗室，很多實驗根本就與這個報告上的內容無關！」李傑說道，其實這也是他後來才注意觀察到的。

如果沒有那個中毒事件，李傑也不會去理會這些。從周靈靈中毒開始，李傑就開始注意康達不正常的地方。

這是一個殘酷的事實。安德魯剛才還很高興，覺得中華大地人傑地靈、英才輩出。這種藥物竟然也能想得出來，可是，此刻卻被李傑一盆冷水澆下。

他不願意接受這個事實，個別的實驗步驟不符合，不能說明他們在作假。可是他再仔細一想，這個書面上很完美的研發報告，實際上卻有太多漏洞。

研發報告上的一切都太完美了，都太理想化了，有很多高難度的操作，以及幾乎不可能解決的問題都被報告一筆帶過，沒有詳述。

「是真是假不能確定，不要太草率了，冤枉了好人。不能因爲他們公司小，就戴著有色眼睛去看人！」安德魯歎氣道。

阿瑞斯放下手中的茶杯，緩緩地說道：「這個肯定是假的，這個藥物疑點太多了！很多問題根本是不可能解決的難題！這樣的小公司怎麼可能研究出來這樣的東西！」

「阿瑞斯，你不要太小看人了！你不知道的東西不代表沒有！」安德魯怒道。

「你爲什麼總是要跟我作對，我敢打賭，這個公司是作假！」阿瑞斯反駁道。

「賭什麼都行！我賭沒造假！」

兩個人是針尖對麥芒，互不相讓。看著怒火中燒的兩人，李傑趕忙勸慰道：「我不過是來聽取二位的意見，先不要吵了！另外我還要求你們幫個忙！」

「說吧！不管幫不幫得上忙，我們都絕不推拒！」安德魯說道。

李傑有些哭笑不得，「不管幫不幫得上忙，都絕不推拒」，這是什麼話啊！其實李傑心中早有了主意，所有的一切都已在計畫中進行。

「借我十萬美元，我不知道什麼時候能還。不過，我會按照貸款的利率算利息！」

「沒問題。這次賭約就賭這個！誰輸了誰給李傑十萬美元，不許收利息，他高興什麼時候還就什麼時候還！」安德魯咬牙切齒地說道。

「哼哼！十萬美元對我來說，不過是小意思，我怕你輸了，到時候再窮得沒飯吃，可別去我家討！」阿瑞斯奸笑道。

安德魯被他說中心事，他雖然有錢，但卻大手大腳的，經常淪落到混飯吃的地步。這次打賭，他已經算好了，如果贏了最好，就算輸了，他也會去阿瑞斯家吃上十萬美元的！反正他有個有錢的老爹，這點錢對他老爹來說，不過就是幾瓶酒的價錢。

「結果很快就會揭曉，我已經把藥物送去化驗了，有興趣見證經過，就跟我走吧！」李傑站起來說道。

第一附屬醫院的實驗研究，是借助於大學的支持進行的，近些年發展得很快。醫生們在忙碌地工作中，也在研究改進著醫術。

因爲在這個競爭激烈的時代，不進步就相當於退步。第一附屬醫院的醫生全是一流的人物，他們都明白這個道理。

夜已經深了，醫院中的醫生大多已經下班，醫院化驗室裏卻依然燈火通明，化驗員們幾乎都在忙碌地工作著。

李傑覺得有點不好意思，如果不是他的緣故，恐怕這些人早已經下班了，早已在幸福的家中享受著溫馨與快樂。

檢驗一種藥品的成分並不是那麼容易，如果隨便掏出一個東西讓人檢驗，那根本就是難爲人。

要知道這種藥物是什麼，你必須劃定一個範圍，對這個未知的東西有幾種猜測。李傑當然也明白這個道理。

根據康達藥物在臨床上的表現，以及他在康達參觀的時候偷偷地留意過的藥物試驗部分場景，他現在幾乎可以確定最終的結果了。但是這個結果還需要通過化驗來驗證，只有這樣才有法律效力。

安德魯、阿瑞斯兩個人還在不斷地相互說著垃圾話。他們誰也不服誰，都堅持認爲自己的觀點是正確的。

如果他們兩個人不是身分特殊，恐怕早就讓醫院趕出去了。他們製造的噪音已經嚴重影響了別人。

「嘿嘿，我贏定了，你看，結果出來了！」安德魯得意地笑著，可隨後的結果卻讓他吐血。

一個年輕的醫生拿著結果報告單遞給李傑說道：「你的想法是對的，的確是這幾類藥物的合用而改變了劑量！」

「真是辛苦你了，師兄！大家都累了，我請大家吃飯吧！」李傑感激地說道。

年輕醫生趕緊擺手謝絕道：「這都是應該的，你的心意我領了，就不去了！」

李傑也不勉強，手中的藥物檢驗結果與他想像的一樣。這個結果既讓人高興，又讓人悲傷，恐怕他將這個結果公佈出去，他李傑又會成爲眾矢之的，康達恐怕也完了。如果不公佈，那患者豈不是要受騙？

所謂愛之深，恨之切，本來對康達這個企業，李傑抱有極大的希望，沒想到此刻卻成了這個樣子。

安德魯和阿瑞斯胡鬧過後，此刻卻也沉默了。安德魯很是鬱悶，不是因爲打賭輸了，而是康達公司竟然作假！

「這個世界沒有好人了！」安德魯歎氣道。

「別灰心，其實這件事沒有你想像的那麼壞！走吧，明天還有更多的事要做！」李傑拍著安德魯的肩膀說道。

「是啊！這個公司不能饒恕，竟然出假藥，更可惡的是，竟然欺騙我的感情！」安德魯氣憤地說道。

李傑拍著胸口保證道：「放心，這個事交給我。明天我就會公佈整個事件的始末！」

「你還是儘量少拋頭露面吧！上次的事情剛解決，如果再出點什麼事，恐怕沒有那麼容易脫身！」阿瑞斯勸解道。

「放心，我自有分寸！」

李傑將檢驗報告小心地收好，這是重要的證據，證明康達的所謂的新藥完全是一個騙局。

明日就是康達新藥的演講報告會，也就是張帆請求李傑出席的發佈會，他此刻或許還在高興。

雖然發生了意外，但是李傑竟然直接答應了做報告。這讓張帆興奮異常。超高的曝光率讓李傑成爲明星一般的人物，他成了神醫的代名詞。

同時李傑也是以心臟手術聞名，而康達的藥物正是治療冠心病的藥物，雖然跟手術沾不上邊，但是不知道的人總是會把這兩件事連結在一起。

報告會準備得很隆重，張帆此刻充分動用了自己的人脈關係。幾乎能請來的人都請來了！各路新聞媒體記者，ＢＪ市及其周邊的醫生代表，還有一些對這種藥有興趣的藥業公司，他們甚至準備買斷這種藥物的技術。

張帆今日是滿面紅光，他已經記不清多久沒有這麼高興過了！今日的滿場註定了他要成功！他心情愉快。

李傑一身西裝，表情有些倦怠。他不斷地打著哈欠，似乎昨天夜裏沒有睡好。不過，張帆想，沒有關係，今天無非就是說一些漂亮話，幫忙宣傳一下這種藥物而已。

李傑此刻很是睏倦，他的確是一晚上都沒睡，所以，此刻趁著還沒有開始，他就靠在椅子上休息一會兒。

如果此刻阿瑞斯看到李傑的樣子，肯定會發怒，李傑身上穿的可是他的阿瑪尼。他竟然隨便找個髒椅子坐上去，真是暴殄天物！

昏昏欲睡的李傑突然聽到「下面有請李傑醫生來向我們詳細地作介紹！」接著就是一陣熱烈的掌聲。

精神萎靡的李傑彷彿突然變了個人一般，頹然萎靡之氣一掃而空，稍微整理了一下衣服，就信步走上了講台。

閃爍的燈光，熱烈的掌聲無一不在說明李傑的高人氣，今天他才是報告會的重頭戲。

「今天，我要告訴大家一個好消息，康達藥業的新藥研製成功！這是我國爲數不多的冠心病類藥物！讓我們為這個成功而歡呼吧！」李傑的講話讓張帆滿意地點了點頭，也讓台下的人群精神亢奮。

「這個藥物的療效接近世界頂級的水準！大家想知道為什麼嗎？其實這很簡單，因為他們的成分本來就是一樣的！」

李傑的話讓台下的人有些迷茫，不知道他到底要做什麼，張帆也覺得有點不大對勁。

「康達的藥物，主要成分為……」李傑接著說出了一連串的名字，熟悉藥物的人都知道這些意味著什麼！

「我左手拿著的是藥物的研究報告，而右手則是藥物實際成分的檢測報告！可是有一件事卻很奇怪，這兩份報告竟然組成的是兩種不同的藥物！」

李傑的話讓台下發出一陣騷亂，張帆已經目瞪口呆，這個秘密只有他一個人知道！此刻竟然被李傑抖了出來，他實在想不出李傑是如何知道的。

「康達的藥是種好藥，成分與知名大廠幾乎一樣，只不過是將幾種藥物混合使用，同時調整了劑量！但是，在某些方面的處理卻不如這些大廠！所以他們只能加大藥物劑量，或許你的病情可以短期內得到緩解，但是大劑量的長期使用只會加速病情發展！」

張帆在幕後不斷比劃著，希望李傑能夠停下，但李傑彷彿沒有看到一般繼續地說道：

「不過，總體來說，康達還是給了我們一個啓示，發展藥物麼！也可以借鑒，但是借鑒也要消除了副作用再說嘛！」

李傑的話讓台下哄然大笑，卻讓張帆心如死灰。他知道這次自己完蛋了！幾年來的辛辛苦苦都白費了！

他此刻的眼光充滿了毒怨和憎恨！他暗暗發誓，就算死了也不會放過李傑！

同時，在台下那些康達的員工們也群情激奮，他們可不會相信，辛辛苦苦研究的東西都是李傑所說的那樣！

多少個酷暑寒冬，多少個不眠夜，他們在實驗室裏忍受著不同尋常的痛苦！這只有他們知道。藥物的研究過程他們也清楚，他們怎麼也想不到，這麼多人研究的藥物怎麼可能是將大廠的成熟藥物調整劑量重新組合的！

他們不敢相信眼前的一切！所有人都覺得這是誣陷，這是李傑的誣陷！

張帆本以爲下一步將是人生的天堂，誰知道他一下子從半空中跌了下來！這一下摔碎了他的夢想，摔破了他的人生。

這也是他咎由自取。急功近利的後果就是這樣，明明藥品沒有研究成功，可他卻固執地想要發佈，於是用另一種藥品來代替。

不過，他自己卻不這麼認爲！他此刻深恨李傑，最困難的藥品檢驗那一關都已經過去了，不過是一個發佈會而已，竟然被李傑查到了其中的秘密！

所謂有仇不報非君子，睚眥必報爲小人，可見無論小人或是君子，都是要報仇的。張帆就是一種小人。張帆如果不是身體虛弱，他早就衝上去將李傑暴打一頓了。

第一附屬醫院的院長辦公室，張帆的憤怒在此刻猛烈爆發。雖然關著門，但是無論誰經過辦公室的門口，都會聽到裏面的咆哮聲。

「你說！這是什麼人啊！你是怎麼交代的！」張帆此刻只能將怒氣發洩在院長身上。

「坐下喝點茶，消消氣！我找他給你道歉，給你的藥品澄清！」院長說著，給張帆倒水沏茶。張帆跟院長是好朋友，兩個人友情非同一般，否則，以院長愛面子的性格，怎麼可能會忍受這樣的訓斥。

「你說，就算出了問題，難道不會背後來跟我們說麼？無論如何也不能在這樣的場合說出這樣的話來啊！」張帆餘怒未消，繼續吼道。

「這次我保證，他肯定會出來澄清整件事情，還你一個清白。」院長肯定地說道。

張帆看了看院長，一臉的不信。他質疑道：「你能保證？上次你也跟我保證了！這次他如果能出來澄清，也算是一個補救！」

「確定，這次百分百的肯定會來！如果出問題，我就開除他！老張你就放心吧！我們兩個人的關係還用說麼？」院長拍著胸脯保證道。

在新藥的發佈會還沒結束的時候，張帆就急沖沖趕過來找院長想辦法，他就是爲了讓李傑出面道歉，否認自己的說法，然後再次力爭讓大家知道這種藥物的正當性。

張帆是不瞭解李傑的爲人。李傑認定的事情，絕對不會改變，他總是如此的固執！從上一世做李文育開始，他就一直是這樣。

李傑在新藥發佈會結束以後，立刻被包圍。這些人不是記者，李傑早知道記者會包圍他，對於記者，他最多能忍受個趙致，其他的，李傑一概不見，所以這次他是從後門跑的。

但是，誰知道後門也被包圍了，這些人正是康達藥業的員工們。他們群情激奮，一個個憤怒得如同看到紅內褲的公牛，二話不說，發了瘋似地衝上來，準備幹掉李傑。

公牛的目標是紅色的內褲，而這些憤怒的人的目標則是李傑，這個妖言惑眾的傢伙，這個幾乎毀了他們新藥的傢伙！

「等等，我說的都是真的，你們被張帆給騙了！我這裏有證據！」李傑大聲說道。

「少廢話，我們自己研究的東西，能不知道麼！兄弟們教訓他！」郭超高喊道。

李傑一聽立刻冷汗直流，這傢伙是不是吃錯藥了，又或者郭超這傢伙知道內幕，他根本就是與張帆一夥的。

「住手！你們現在不過是失去了康達，如果打了我！你們失去的是自由，監獄將是你們未來一年的家！」李傑強忍著裝出一副鎮定的樣子，冷冷地說道。

這些人畢竟不是流氓混混，他們都是經過高等教育的人，基本上從小就是乖乖仔，長這麼大，吵架的次數都少，更別說打架了！

李傑的話立刻鎮住了他們，彷彿時間停止了一般，所有人都停住了。李傑終於舒了一口氣，他還真怕被這群憤怒的傢伙給打一頓，雖然這些人都是手無縛雞之力的傢伙，但是畢竟數量在這裏。或許李傑可以拚命地護住臉，保全英俊的相貌，但就算打不死他，他們踩也能把他踩成殘廢。

「證據在這裏，你們不相信也沒有辦法！我知道你們爲康達工作了很久，對康達有了感情。但是你們仔細回想你們的研究，真的到了可以發佈的那一天了麼？你們最後那幾個合成轉換的關鍵步驟解決了麼？」

李傑的疑問讓這些人面面相覷，他們都知道最後幾步沒有人解決，最後是張帆，突然有一天宣稱自己解決了所有的問題。

他們只顧著高興，並沒有對此產生過多的疑問，現在想起來，事情的確挺怪異。

「我才不聽你胡說！」郭超怒斥道。

李傑也不生氣，繼續說道：「你們再想想，實驗爲什麼有人中毒，爲什麼那個女孩連自己做的是什麼實驗都不知道？因爲你們的實驗藥品被調包了！」

李傑的步步緊逼讓他們信心動搖，此刻越來越多的人開始相信李傑是正確的，他們都被張帆給騙了。

很多人都不願意相信這個事實，現實實在是太殘酷了。他們甚至寧願被永遠欺騙下去，也不願意承受這樣的痛苦。

曾經的天之驕子們，無法接受這樣的失敗，他們將青春與激情統統給了康達，然而到最後卻是得到了一個騙局，這幾年辛苦全部都白費了，所有的汗水都付諸東流了。

在場的人都覺得自己前途一片暗淡，心如死灰一般，更有軟弱者甚至已經哭了出來。

「我們應該怎麼辦？」

「我會儘量幫助大家的！你們放心吧！」李傑說道。

「任你怎麼說，我都不相信。大家走！我們去找張經理！」郭超激憤地說道。

他本以爲大家都會回應，可此時他發現竟然沒有一個人願意跟他走！他此刻恨不得將李傑粉身碎骨，拆骨燉湯。

「郭超跟周靈靈應該知道內幕吧？要不然怎麼周靈靈會中毒，郭超還會這麼幫張帆！」其中的一個人說道。

「肯定知道。我們被張帆害死了，本以爲可以一步登天，沒想到此刻竟然跌倒谷底！」另一個人傷心道。

「不知道李醫生有什麼辦法沒有？我們現在什麼都沒有了，也沒有什麼利用價值了。我知道，你說幫忙不過是漂亮話而已，你想說什麼就說什麼吧！」

這個人說的的確是事實，他們現在什麼都沒有了，毫無利用價值。李傑說幫他們又如何能幫呢？他們所有的人此刻同時失業，難道李傑能幫他們找到新的工作？

李傑神秘地一笑，對眾人說道：「問你們個問題，這種藥物的所有權應該屬於你們康達公司吧！」

「是啊！你問這個是什麼意思？」

「康達的股份，你們員工占多少？」

「我們占一半，張帆占一半！」

跟預想的一樣，這樣的研發型公司，員工占的股權比例很大，康達公司員工的股權比重比李傑預想的還要大。

「那好！我實話實說，我要幫你們的就是恢復康達的研究，將這個藥物繼續下去！」李傑緩緩地揭曉了答案。

眾人先是一驚，然後覺得希望重新被點燃。如果能夠將這種藥物研究成功，無疑是一個大的轉折。如果研究可以繼續，可以成功，那麼他們破碎的夢想又可以實現了，他們所花費的青春，所付出的汗水都不會是浪費。

這一步，李傑早就算到了，這也是他的計畫之一。他早先就從安德魯那裏籌集了十萬美元，這些錢正是要用於康達藥業上的。

其實康達研究的這種藥物的確很好，如果真的研究成功，將在冠心病藥物市場上形成巨大的衝擊。

但是張帆所帶領的康達卻沒能衝破最後的技術難關，反而是鋌而走險，弄虛作假起來。當然，這裏除了人的原因以外，還有一點就是技術，他們無法攻破最後的技術難關。

此刻，這群人似乎忘記了那些技術難關，對未來充滿了希望。

對於這藥物難關最瞭解的當然要算是張帆，當他聽到郭超的報告後，對此不以爲然地說道：「讓他們去折騰吧！郭超，我真沒有看錯你。危難時刻只有你一個人幫我！」

「您別這麼說，我一直就把您當叔叔看待，我不幫您又會幫誰呢！」郭超真誠地說道。

郭超說得幾乎眼淚都要流出來了，張帆以前真沒覺得這個郭超有什麼不同，此刻，他才發現原來這個孩子對自己是這麼好。

「我決定將康達的股份賣給他們！這些孩子，讓他們自己折騰去吧！我累了，我想安居晚年！枉費我對他們那麼好，此刻竟然只有你一個人幫我！這也不怪他們，我的確做錯了！」張帆露出一副憔悴的樣子說道。

「難道他們說的都是真的！張叔叔，是麼？不要騙我！」郭超一副驚訝的表情說道。

「是啊！我們公司真是堅持不下去了。資金沒有了，如果不這麼做，公司就倒閉了！我想先這麼混下去，等有了錢，咱們再繼續研究！然後再塡補這個漏洞！我也是爲了你們好啊！你想，這麼多年，我們是怎麼堅持的！」張帆歎氣道。

「我知道了，可惜他們不能明白您的苦心！張叔叔，既然您有這個意思，不如將康達的股份賣給他們吧！您也可以脫手這個燙手的山芋！」

「我的確想，可是我又咽不下這口氣！」張帆憤憤不平地道。

「我倒是有一個辦法，但是怕張叔叔您不願意！」郭超一臉壞笑道。

「說來聽聽！」張帆期待道。

「您知道，袁州這個傢伙，他跟李傑一直都是死對頭，他無時無刻不想抓李傑的『痛腳』。我們可以利用這一點，出面作證，讓袁州當前鋒……」

郭超還沒有說完，張帆拍了一下大腿，贊同道：「說得好，我怎麼沒有想到啊？說不定我們可以利用這點來扭轉乾坤。」

「我不明白您的意思！」

「有了這一點，我們不但不會丟失康達，甚至還可以將李傑拉下水！我們聯合袁州，揭露李傑這個小畜生的罪行，他所做的一切都是污蔑，我們的藥是好藥！也是新藥！他污蔑我們不過是想奪取我們康達公司的控制權！」張帆大笑道。

「張叔叔果然厲害，我這就去聯繫袁州！」

「好的，你注意點！我們找個安靜點的地方細說！」

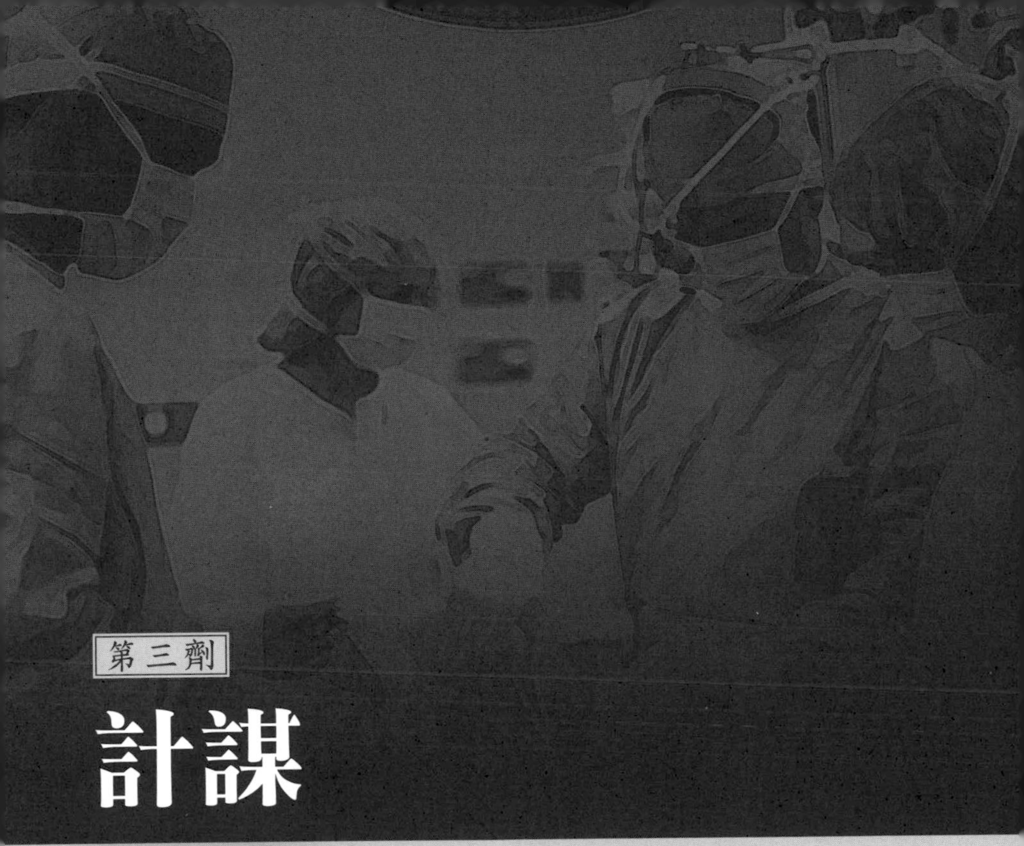

第三劑

計謀

倒在地上的張帆此刻才明白，原來一切問題都出在郭超的身上，
這個房間是郭超訂的！恐怕他早就安裝好了監聽器與攝影機，
要不然，他們的一舉一動怎麼會落在李傑的手上！
他想破口大罵這個畜生，卻又怎麼也說不出口，
這些話都被郭超最後對李傑的懇請壓在了肚子裏。
「快來逮捕他們吧！他們認罪了！」

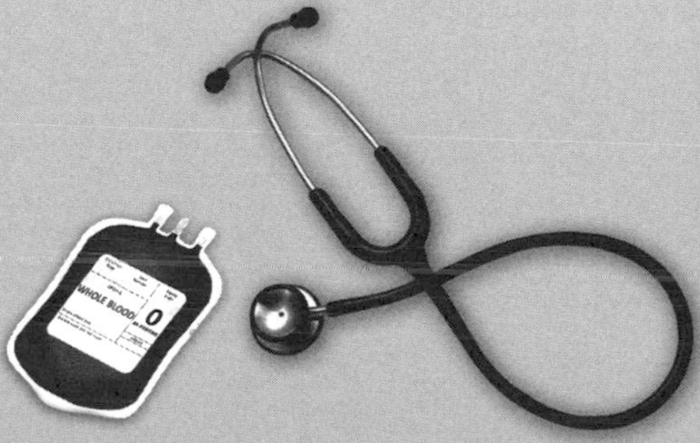

李傑此刻正在第一附屬醫院，正要出去的他卻被一個護士叫住，說是院長找他。李傑看了看牆壁上的鐘，時間不夠了，他打算不理院長。

「李傑，你今天必須過去，院長發火了，你不去我就危險了！」護士哀求道。

李傑沒有辦法，只好跟著她去了。他剛進院長辦公室，就發現院長面色不善，真像是狂風暴雨呼之欲出啊！

「院長，您有什麼事？」李傑小心翼翼地問道。

「什麼事？你說，你做了什麼好事？」院長怒道。

「好事？我做了很多啊！今天早上我扶老奶奶過馬路了，中午我給一個在路上摔倒的小孩子包紮了腿！晚上，時間還沒到。一會兒我就做好事去！」李傑嬉笑道。

「少裝蒜，你憑什麼揭發人家張帆的康達藥業？就算是真的，你也應該在背後來跟我報告吧！你有沒有考慮過你言行的後果！」

「我當然考慮過，如果我不說，那麼這種藥物會順利地進入市場，多少患者會受害？會有多少無辜的生命逝去？如果我背後來告訴你們，你能公正處理麼？你想過你的言行後果沒有？如果不是我發現得早，做了這個藥物的報告人，那麼這種藥物出問題，醫院也會有很大的責任！」李傑義正嚴辭道。

院長被李傑的搶白弄得臉上一陣紅一陣白，他強忍住怒氣，對李傑說道：「李傑，你什麼都好，就是脾氣太差，你明白什麼叫做潛規則麼？每一個行業都有自己的潛規則！我們醫療系統的潛規則就是這樣！你已經犯規很多次了，不會每次都有人來幫你！這次是最後一次，你去開個新聞發佈會，澄清你弄錯的事實，然後給張帆道個歉！」

「我沒有弄錯！所以我不道歉！我也不管你們那些所謂的潛規則！」李傑冷冷地說道。

「你還不明白？沒有規則就沒法前進！你要知道，這是你最後的一次機會！」

「這也是我最後一次叫你院長！再見，我以後不會出現在第一附屬醫院了！」李傑說完，頭也不回地走了。

院長氣得手一直在發抖，看著李傑的背影，他覺得這個孩子除了可恨，還有點可惜！這個桀驁不馴的孩子卻有著驚人的天賦。

如果他能聽話又是會多好！但是，如果他是一個聽話的孩子，似乎又不可能有這麼高超的技術。

院長一直覺得，李傑驚人的天賦與桀驁不馴的性格是相輔相成的。技術驚人的傢伙們通常都有著不可理喻的性格，這些性格或許不盡相同，但卻都符合一條，他們醫德高尚。

他們朋友不多卻是名滿天下，得到人們的尊重，他們出名受尊重不僅僅是因爲妙手回春的醫術，更在於他們的醫德！

「難道我錯了？」院長喃喃自語著。

辦公室裏靜悄悄的，剛才激烈的爭論此刻已經結束，只剩下院長一個人坐在他寬大的椅子裏，陷入了沉思。

張帆不知道他的老友正在爲了他的事情跟李傑激烈地爭吵，他此刻正滿面紅光地與袁州一唱一和著。

「李傑其實才是真正的敗類，他的所作所爲都是小人行徑！所謂神醫稱號不過浪得虛名！」袁州對著攝影機說道。

袁州的助手與他早已配合熟練，袁州剛說完，他就將鏡頭轉向張帆。

「我說得都已經差不多了，想必大家都已經明白了李傑的爲人，他打著治病救人的旗號，來我康達公司進行了無恥的詐騙。企圖毀我名譽，奪取我公司的財產！」張帆說得聲淚俱下。他這樣的人不去當演員實在有些浪費。

鏡頭再次對準袁州，助手將攝影機伸到袁州面前，袁州臉色一變，一巴掌打在助手的頭上，大罵道：「你是白癡啊！還說什麼！這些就夠了，準備回去！」

助手回頭一巴掌打在攝影師頭上，大罵道：「你是豬啊！還拍攝什麼，收工！」攝影師這個鬱悶啊！憑什麼他要挨打。明明是這個助手的錯，但是位居人下，這也是沒有辦法的事情。他只能在心裏抱怨，同時也在考慮，跟著這群敗類是不是錯了。

「走吧！天色不早了，我們去找個地方吃飯！然後明天一起去看李傑到底怎麼死！」張帆笑道。

「好。我知道個好地方，飯做得不錯！吃過飯，我再帶你去個好地方！」袁州笑道，他說的那個好地方，兩個人都明白，無非是一些荒淫歡樂的場所。

兩個人正在憧憬著美好的未來，可剛走出門，就看到令他們痛恨的李傑。

李傑一身白色的休閒西服，斜倚在走廊的牆上，嘴裏叼著半支煙，很享受地吸著。

李傑看到兩個敗類出現，扔掉煙頭，笑嘻嘻走過來，學著張帆的語氣對袁州說道：「啊！袁兄，久仰大名，只聞兄台有包容宇宙之才，囊括天下之志。誰知袁兄風采更加讓人傾倒。」

李傑說完，微微一笑，然後又模仿著袁州的語氣對著張帆說道：「李傑其實才是真正的敗類，他的所作所爲都是小人行徑！所謂神醫稱號不過浪得虛名！」

兩人此刻已經驚呆了，李傑說的話正好是他們剛剛所說的！李傑怎麼可能聽到呢？

「服了麼？你們兩個！看看這裏！」李傑說著，從懷裏掏出了一個答錄機，啪地按下按鈕，隨後，兩個人的聲音傳了出來。

「你！你是怎麼弄到的？」張帆氣急敗壞道。

「有什麼我弄不到的，我還有這個！」李傑說著，又變戲法似地弄出一盒錄影帶。

「他媽的，你要我！居然一邊和我談，一邊找人錄影暗算我。」袁州怒吼著，然後一拳打在張帆的臉上。

張帆心中已經氣極，跳起來就跟袁州扭打在了一起。

可是李傑卻沒有心情看他們倆的鬧劇，大聲說道：「狗咬狗一嘴毛！噁心不噁心啊！還想算計我麼？這次是你們自身難保，袁州你造謠生事，誹謗他人，多少人因爲你含冤而死，你要付出代價。張帆你做假藥已經夠可惡了，竟然還跟這種人走在一起，還想暗算我！」

兩個人都不是笨蛋，剛才不過是怒極攻心而已，此刻他們冷靜下來，知道都是李傑搞的鬼，就停止了打鬥。

他們也知道共同的敵人是李傑，喘息一陣以後，袁州說道：「李傑你別得意，你有什麼證據？說我誹謗他人，說我造謠生事，這次我是被你陷害的！我還被你打成這樣！還有張帆，我們都是被你逼的！」

張帆一聽，立刻來了精神，這是他唯一的機會了，他要拚命地抓住這棵救命的稻草。

他誇張地倒在地上，一邊痛苦呻吟著，一邊說：「李傑你打我，在場的人都看到了！」

「哎！讓我說你們什麼好！」李傑歎了一口氣，繼續說道：「就知道你們不死心，現在做什麼都沒有用了！」

「沒錯，剛才我可都錄下來了！」趙致不知道什麼時候出現了，他的身後還跟著一個攝影師。

倒在地上的張帆知道大勢已去，也不呻吟了，就這麼倒在地上，流出兩行淚水，不知道是悔恨，還是不甘。

袁州雙手發抖，知道這次栽了個大跟頭，但是他卻還是不死心，對李傑說道：「這次算你贏了，不過你又能奈我何？我不過是中計而已！」

「你真是傻得可愛啊！知道什麼是溫水煮青蛙麼？你就是那隻青蛙，自己越陷越深不知道麼？我們已經蒐集到了你以前所有罪行的資料，他們已經覺得該聯名起訴你了！我會幫他們證明你的所作所為！」

袁州鐵青著臉一句話不說，他此刻已經明白了！自己一直小看了李傑這個傢伙，今日方寸已亂，如果自己再多說什麼，很難保證不被李傑抓住把柄，所以沉默是最好的選擇。

「李傑，我任務已經完成了，張帆他也是一時糊塗，希望你能放過他！」郭超走過來，靜靜地說道。

倒在地上的張帆此刻才明白，原來一切問題都出在郭超的身上，這個房間是郭超訂的！恐怕他早就安裝好了監聽器與攝影機，要不然，他們的一舉一動怎麼會落在李傑的手上！

他想破口大罵這個畜生，卻又怎麼也說不出口，這些話都被郭超最後對李傑的懇請壓在了肚子裏。

「快來逮捕他們吧！他們認罪了！」

隨著李傑的大喊，隔壁竟真的冒出幾位員警，他們都是按照李傑的請求埋伏在這裏的。

袁州與張帆都被員警帶走了，臨走的時候，袁州還不斷地叫嚷著，說自己是美國公民，中國沒有權力抓他，恨得李傑差點一巴掌搧死這個假洋鬼子。

中華醫科研修院第一附屬醫院是有名氣的頂尖醫院，是每一個醫學畢業生心目中的聖地，是大家夢寐以求的工作地點。

這次李傑牽頭的「生命之星」學術交流會，又讓這個學校成爲了眾人津津樂道的話題。

特別是最後一天的壓軸好戲——《基因》的作者安德魯在中華醫科研修院的報告，更是眾人矚目的焦點。

他的基因蛋白質的研究震驚了整個世界。這個研究事先沒有多少人知道，就連阿瑞斯都沒有想到，這個胖子竟然在這裏發佈他的最新研究成果，這個走在世界最前線的成果。

袁州如果還是自由之身的話，恐怕他會很高興。他肯定會不顧一切地來「黑」一次安德魯，可惜他沒有機會了。

老天似乎喜歡開玩笑，袁州是以打假出名的人，特別喜歡揭露學術造假，可是他現在卻成了最大的假貨。

經過員警的深入調查，他超過一半揭露學術造假的例子都是誣陷，甚至他本人的學歷也是有問題的。什麼美國名牌大學畢業，什麼美國某某研究會的會員，統統都是假的。那些名譽教授，捐錢就可以當，某某研究會甚至根本不存在。

其實社會上這樣的人並不少，很多人都喜歡批判別人來提高自己，這個袁州只不過是其中的一個而已。

袁州嘴巴不僅「黑」而且硬，他死不承認自己的罪，當然嘴硬的後果就是多受苦。公安幹警自然有辦法對付他。這個「黑嘴」袁州已經到了天怒人怨的地步，沒有人對他手下留情，最後他也不得不屈服。

張帆這個與袁州一起進入公安局的人卻完全承認了自己的罪狀，他那儒雅的風度此刻再也看不見了，原本保養得很好的他，此刻看起來似乎比實際年齡還要老上十歲。

他靜靜地坐在那裏，眼神空洞，似乎丟了魂魄一般。他的一切都完了，這一切都是從最先的浮躁開始，他一步一步越陷越深，最後到了無法挽回的地步。

他們兩個怎麼樣，已經與李傑無關了，這兩個人以後再也對李傑構不成任何的威脅了。雖然他們兩個還沒有經過審判，但是被關上幾年那是肯定的了。

帝豪酒店阿瑞斯的總統套房內，李傑與阿瑞斯正在親熱交談。這裏雖然是阿瑞斯的暫時居所，總的算起來，他恐怕也待不上二十天，但是阿瑞斯依然將它重新佈置了一番。

原本就奢華無比的房間，再加上阿瑞斯的佈置，讓人感覺像置身於夢幻之中。阿瑞斯則如一個高雅的王子一般，他的存在會讓人覺得這裏應該是一座豪華的宮殿，否則怎麼又會有這樣的一個英俊優雅的「王子」。

在阿瑞斯眼中，李傑有一種神奇的力量。眼前的李傑明明穿著自己精緻的阿瑪尼西服，可是現在他無法在李傑身上找到阿瑪尼的優雅與華貴，能將阿瑪尼穿成街頭風格的，恐怕李傑是第一個，這就是阿瑞斯眼中的神奇力量。

「李傑，打賭是安德魯輸了，你怎麼來找我？」阿瑞斯開玩笑道。

「是你讓我來的，可不是我來找你的吧！」李傑沒好氣道。

阿瑞斯笑了笑，示意李傑坐下，然後說道：「當然不是，我跟你有正經的事情要說！你知道我們要離開了！學術交流周結束了！」

有相聚就有離開，李傑其實在來的時候就已經明白了。安德魯最後的報告，將這次學術交流周畫上了一個圓滿的句號，同時也宣告了「生命之星」一年一度的聚集即將解散。

「你們打算什麼時候離開？我會去送你們！」李傑淡淡地說道，心中雖然不願意，但是他並沒有表現出來，阿瑞斯與安德魯這兩個人與李傑最爲要好，雖然相處的時間不長，可他們成了十分要好的朋友。

「我不希望你送我們！」阿瑞斯輕輕說道。

「你是害怕離別會讓你傷心麼？」李傑玩笑道。

「不！我是希望你能與我一起離開！」

李傑放下咖啡杯，看著阿瑞斯，笑道：「捨不得我麼？我可不想出國，我在這裏生活得很好，沒有必要出去！」

「中國不再適合你了！你這段時間煩心的事情還少麼？這幾天的教訓還不夠麼……」阿瑞斯的話讓李傑無話可說，他不知怎麼反駁，因爲阿瑞斯所說的每一句都很有道理。這是每一個國內醫生都知道的道理，但並不是每一個有機會出國的人都選擇了出國！

「我知道你捨不得這裏，就跟安德魯一樣，似乎這個國家有著無與倫比的吸引力一般！我不能明白爲什麼，但是你也要爲自己考慮一下！你沒有必要成爲英雄，英雄的結局通常都是可悲的。」

李傑無奈地笑了笑，阿瑞斯永遠都不能理解中國人對於祖國的感情，因爲他的國家在近代史上沒有遭受到那麼多的苦難。

至於當英雄，李傑可沒有想過，不過李傑確實打心底裏佩服那些英雄。那些在美國封鎖下偷偷回國的科學家就是英雄。眼看著不如自己的人飛黃騰達，而他們卻隱姓埋名爲祖國工作，無欲無求。

李傑自問沒有他們這種氣魄，也沒有他們這種能力。現在他面臨的選擇也跟他們不一樣，李傑只是想留下來，他在國內發展或許更艱難一些！但是卻能救活更多的國內平民。

「我還有一段時間才離開。到時候你如果想跟我走，就直接來找我吧！」阿瑞斯看到沉思中的李傑，也不再逼問。

其實，李傑這次因爲袁州與張帆的事情感覺到非常失望，還有，第一附屬醫院院長的作風也讓李傑覺得這個醫院在沉淪。但是這又有什麼辦法呢？自己真的能安安心心放棄家中的父母，離開這裏的好朋友捨身爲其他國家服務麼？

阿瑞斯是美國頂尖的專家，他的家族勢力似乎更加強大。在他的幫助下，李傑憑藉過人的醫術出人頭地也是很容易的。

可是，陸浩昌的邀請他拒絕了，這次阿瑞斯的邀請他依然沒有答應。

李傑是一個固執的人。雖然他自己不這麼認爲，但是他的固執卻讓熟悉他的人一次又一次感受到。

李傑沒有回答阿瑞斯的問題，又坐了一會兒後，他離開了酒店，攔下了一輛計程車趕往郊區醫院。他想去探望一個患者，這人就是康達的員工周靈靈。

病房的門沒有關，李傑在門口就看到了屋子裏坐滿了人，幾乎都是康達的員工，是來看望周靈靈的同事。

病房中氣氛很沉悶，似乎大家都在因爲張帆的事而煩惱。周靈靈靠著枕頭坐在病床上，她的男朋友郭超正在跟她說著什麼。

「大家都在啊！」李傑打招呼道。

「是你啊！李傑醫生，你怎麼來了！」郭超起身歡迎道。

李傑將花與水果放下，對郭超說道：「來看望一下患者，順便來找你，我就知道你肯定會在這裏！」

李傑的話讓周靈靈很不好意思，雖然他們兩個人是情侶的關係已經非常明確了，但是女孩子總是害羞的。

「李傑，你承諾過，我們康達不會倒閉，這種藥也會繼續做下去！對吧？」郭超問道。

他的問題正是在場所有人所關心的，此刻，眾人最擔心的就是李傑的這個承諾能否兌現。

如果李傑反悔，那麼康達的倒閉就是板上釘釘的事了，除了這個研究一半的成果，他們只有水電費和房租的帳單。

「大家放心，今天我來，第一是探望患者，其次就是來告訴你們放心，研究會繼續！」

在場眾人明顯露出興奮的神色，郭超更是激動地拉住了李傑的手說道：「真是太感謝你了！」

李傑在此刻幾乎就是他們的救世主，如果康達倒閉，他們人人失業。雖然工作不是那麼難找，但畢竟研究出這種藥物是他們的理想。

如果就這麼半途而廢，恐怕會留下終身的遺憾，而且這些人在一起工作的時間也不短了，彼此間友誼深厚，都捨不得離開。

「我們應該怎麼做？張帆還有公司的股份！」不知道誰問道。

這個問題猶如一盆冷水，幾乎一下子澆滅了大家的希望之火。李傑卻一副不在乎的樣子，冷冷說道：「他不交也不行！現在他罪名很重，已經沒有心思管這些了！就算他不交，我們也有辦法，我們可以出去新創建一個公司！這種藥物沒有研究完成，也沒有專利，我們可以繼續研究！」

李傑所以這麼有把握，是因爲他手握了安德魯借給他的十萬美金。這錢足夠支撐一個不大的公司很長時間。

「沒錯，我們不用害怕，不過，還是讓張帆轉讓了股份的好！畢竟新建立公司也很麻煩！」郭超說道。

「沒錯，大家放心吧！我們馬上就會重新回到軌道上！」李傑大聲宣佈。

「趁著沒開工，我們今天晚上去慶祝一番如何？」不知道誰提議道。

「說得對。我們去慶祝一番吧！慶祝我們可以重新開始！」

「今天晚上我做東，大家一塊兒去吃個飯，然後去唱歌！另外我還要向大家介紹一位朋友，也許以後她會是你們的同事！」李傑大聲說道。

李傑現在雖然還沒有兌現承諾，但是這些人已經潛意識裏把李傑當成了新的首領。年輕人在一起總是很容易達成共識，很容易相處。

「李傑，你說晚上要介紹的人是誰啊？不會把你女朋友介紹給我們吧！」郭超與李傑熟悉以後，很快就開起了玩笑。

誰知道他這個玩笑歪打正著，李傑要介紹正是石清，這個李傑心目中的女朋友，但是兩個人的關係卻一直都沒有得到正式確認。

「到了晚上你們就知道了！」李傑雖然臉皮不薄，但是也不好意思說出來，於是只能故作什麼地掩飾。

今天的天氣不錯，雖然時處初夏，但傍晚的天氣並不炎熱。李傑將眾人先安排到吃飯的地點，然後獨自去接石清。

一路上，李傑心裏有說不出的滋味。從災區回來時間並不是很長，但李傑卻彷彿過了十幾年一般。

火車站早早就站滿了跟李傑有同樣心境的人。今天的這列車是災區駛來的專列，回來的人都是第一時間趕往災區的救援隊伍。

災區救援工作已經進行到最後，加上後續救援隊伍的進入，災區已經不需要如此多的救援人員了。

這些第一批進入災區的救援隊員因爲長期高強度勞作，很多人都病倒了。所以他們第一批進入，也第一批被換回來。

李傑看了看手錶，大約還有十幾分鐘，火車就到站了，但就是這十幾分鐘，大家卻都等不及了。人群漸漸地騷動起來，不停地向前擁擠。

火車一聲長鳴，駛進了車站，巨大的慣性讓這個鋼鐵怪獸又滑行了很遠才停下。雖然還沒有人走出來，興奮的人們卻早已經開始搖動手中寫著名字的牌子了。

李傑也難捺心中的激動，踮起腳，希望能夠早點看到日思夜想的石清。

漸漸地，人潮湧出。火車站裏，此刻親人相聚，都是滿臉幸福的淚水和久別重逢的喜悅。李傑很是羨慕這些重聚的家庭，於是更加期盼自己的「小青石」能快一步趕來。

越來越多的人從火車車廂走出來，越來越多的人淚流滿面地擁抱，然後歡笑著離開。

李傑眼看著人越來越少，卻唯獨看不到他一直在等待的石清。他此刻已經有些慌了，心想，難道石清沒有回來？難道她在災區出現了什麼不測？

越想越是害怕，李傑記得前段時間看過救災英雄犧牲的報導。他現在很害怕，害怕石清會有什麼意外。

如果石清真的發生什麼不測，他不知應該如何面對，不知自己是不是能繼續生活下去。

在李傑心灰意冷的時候，他突然又看到一對身影，其中的一個，赫然是他再熟悉不過的石清。

「石清！我在這裏！」李傑興奮地高聲叫喊著，瀕死的心又重新復活了。

石清看著高興得如孩子一般的李傑，不禁覺得好笑，現在都沒什麼人了，就算李傑不高聲叫喊，她也能看到。

她本來挺害怕沒有人來接她，她這次去災區，父母都不知道。這十幾天是一段痛苦的煎熬，親眼無奈地看著很多同胞離開人世，她只能拚命工作來麻醉自己。

特別在李傑回去了以後，她更覺得心中空空的，每天夜裏睡覺前都是最難熬的時候，此刻她看到了李傑，心裏終於踏實了。

「你去吧，我家人也來接我了！謝謝你，石清！」說話的是一位老醫生，他在災區受了傷，走路有些不便。

石清是因爲幫他才這麼晚下車的，此刻，他的家人也來了，石清才放心地將他交給家人照顧。她平靜地走了過來，這裏是她熟悉的城市，不是那個讓全國哭泣的C市。

李傑在她眼前興奮地跳躍著、呼喊著，剛才她還覺得李傑很好笑，可是此刻卻不知道怎麼的，她突然感覺很難受，眼淚也不爭氣地流了出來。

石清加快腳步快速跑出月台，跑到李傑身邊，她被李傑緊緊地抱住了，那寬闊的肩膀讓她覺得很溫暖很安全。

可越是這樣，她越忍不住哭泣起來，彷彿要將這壓抑許久的感情完全爆發出來。

「小青石，我再也不會讓你離開我了！」李傑撫摸著她的頭髮，在她耳邊說道。

「嗯！我也是！」

「對了，我給你準備了一個禮物。你一定會喜歡！」

「我不需要什麼禮物，你不要丟下我就好！」

李傑雙手放在石清的肩膀上，看著她堅定地說道：「我怎麼會扔下你，這次是沒有辦法，你也應該明白！跟我來，我帶你去看禮物！」

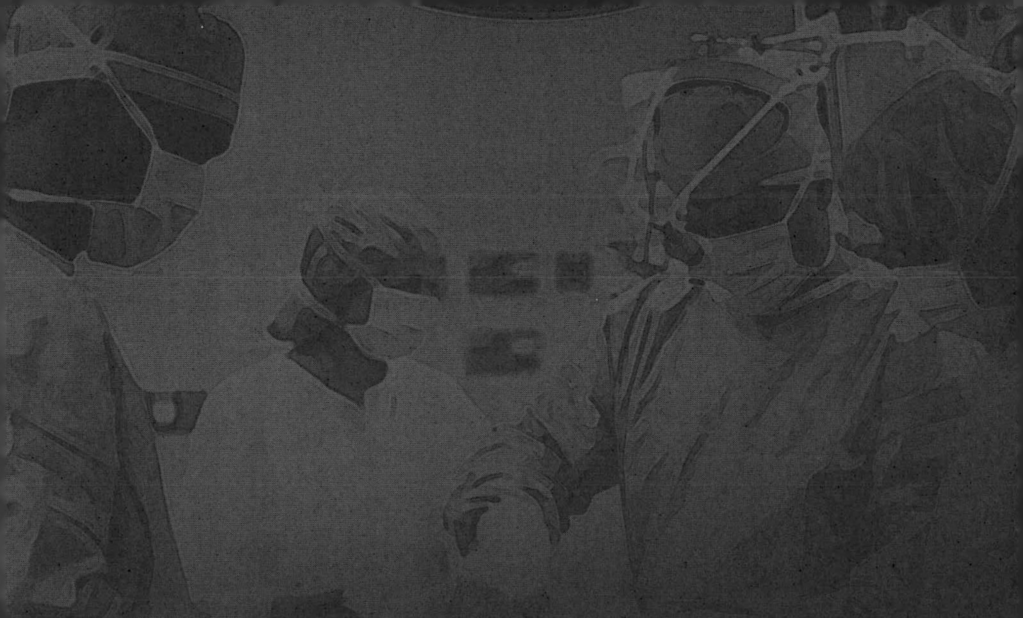

第四劑

針灸麻醉是巫術？

那鋸到骨頭的一瞬間，觀看的很多人都不自覺地摸了摸自己的胸口，似乎感覺到了疼痛一般。

在開胸電鋸撤去時，大家驚訝地發現，這個患者依然安然睡著。

「哈哈！看到了吧！最疼痛的一步都過去了，可是患者還沒事。」

安德魯囂張地笑道，彷彿是他的手術成功了一般。

阿瑞斯沒有回答安德魯，他是神經學專家，他早就聽說過針灸這種東西，

但是一直覺得這不過是毫無科學根據的巫術而已。

但是眼前的事實讓他不得不相信，這並不是巫術，事實擺在眼前，

一定有某些科學依據，只不過是沒有被發現罷了。

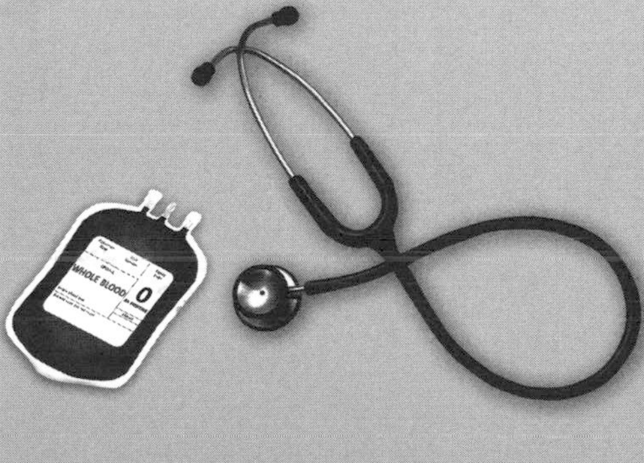

康達藥業的眾人早已等候在飯店，紛紛猜測李傑會帶來一個什麼樣的人。

可當李傑將石清帶來的時候，他們大跌眼鏡，誰也沒有想到，最開始的八卦預言竟然是正確的。

「這位是石清，我的女朋友！」李傑是這樣介紹的，得到的結果是眾人起哄，石清害羞得臉紅。

「大家不要鬧，石清是陸浩昌教授的得力助手，也是那次藥物研究的主力！我希望她能加入到我們的團隊，並且成為團隊的領導力量！」

李傑的話讓所有人都安靜了下來，陸浩昌的免疫制劑神話誰都聽說過。這已經成了一面旗幟，就像比爾·蓋茨對於電腦人士的影響。

石清也愣住了，她沒有想到李傑會說這些，隨即，她明白過來，這就是李傑送給自己的禮物吧！

她其實並不喜歡臨床的工作，製藥工程這個老本行才是她的興趣所在。這個她只不過跟李傑抱怨過一次，沒有想到竟然被李傑記在心裏。

「大家先來吃飯！別愣著了，今天是高興的日子，大家都多喝點啊！」李傑笑道。

陸浩昌的研究室讓李傑走入了製藥這個行業，而康達的這種藥物則成為了李傑在這個行業事業的真正開端。

醫與藥本身就是一家，想要治療費用降下來就只有從根本入手，那就是從醫療費中所占比重最大的藥費入手。

如果能在製藥行業有所作爲，李傑不僅能幫助藥價下降，自己也能從中得到不少好處。當然那只是理想，現在只走了第一步而已！

江振南一直覺得自己是幸運的，他這一生得到了想要的一切，名望、財富、地位。現在他什麼都不缺了，年近古稀的他，到現在還能發表一篇重要的論文，讓他頭上的光環更加奪目耀眼，也讓他成爲公認的國內心胸外科第一人。

得到了這麼多，江振南依然不覺得有什麼了不起，他覺得晚年最得意的應該是發現了李傑這個天才。

能夠找到一個如此優秀的接班人，江振南一直覺得是上天在眷顧他。如果沒有李傑，他的最後這個手術研究恐怕得胎死腹中。沒有李傑，恐怕他研究的法洛四聯症的手術也會被袁州的「黑嘴」給毀了！

江振南教授在聽到袁州和張帆被捕的消息時，很是高興了一陣，但隨後，他又聽說李傑竟然離開了第一附屬醫院。

江振南清楚，第一附屬醫院是國內醫學生眼中的聖地，是每一個學醫人士夢想的就業地方，但是李傑竟然主動離開了。

這個被他看好的接班人似乎總是有著讓人琢磨不透的想法，提前畢業，雙博士學位，拒絕出國，這次竟然又離開第一附屬醫院。

李傑曾經答應過江振南，說要幫助他完成法洛四聯症的手術，現在臨床實驗還差一些。在江振南眼中，這些手術並不是最重要的，重要的是李傑離開了第一附屬醫院，將會去什麼地方。

其實，江振南心中也隱隱約約能推斷出李傑離開的原因。在醫院裏，存在競爭是很正常的事情，他當年也遇到過。

醫院是一個很殘酷的環境，主刀醫生拚了命地想保住自己的位置，下面的醫生則拚了命向上爬。

但是位置只有一個，所以打個頭破血流也是難免，其實在所有的機關企業，甚至整個社會，某種程度上來看，也都是一樣的。

這次，他真坐不住了，雖然年紀大了，但是他身體依然硬朗，也不顧眾人的阻攔，直接去找李傑。

一路上，江振南心裏不住地痛罵第一附屬醫院這個院長，這個小混蛋曾經也是他的學生，當年還是比較調皮的一個，不過對他還是比較尊敬的。他相信，只要李傑願意，他可以說服院長，讓李傑回去。

昨夜李傑喝得不多，今日也是早早就起了床。拋下了第一附屬醫院的工作，他卻完全地迷失了，此刻，他竟然不知道應該去做些什麼。

待他看到了江振南教授竟然親自來找他的時候，李傑才知道自己還是有些衝動了。離開了醫院，江振南的法洛四聯症的手術就會變得很尷尬。

「江教授，真對不起！我辜負了你的期望。」李傑道歉道。

「你太衝動了！」江振南本來準備了一堆罵李傑的話，可是看到李傑那可憐巴巴的樣子，又都吞到了肚子裏。

李傑扶著江振南找了個還算乾淨的地方坐下，然後又給他倒了一杯水。李傑住的地方很小，也不是對生活那麼講究的人，沒有茶葉，只能倒杯白開水。

「你如果回心轉意，就告訴我，不用不好意思，年輕人衝動也是正常的！」

「我會去第一附屬醫院完成剩下的手術，幫助您做完法洛四聯症的手術！但我不想長期待在那裏。外面有更廣闊的天空，也許我會四處走走！」

江振南眼神明顯爲之一暗，他顯得很是失望，停了好一會兒才說道：「我也不勉強你，剩下的手術我會儘快地安排。你要記住，無論什麼時候，你都可以回來！」

「交流周也要結束了。我做一場公開的可以觀摩的法洛四聯症的手術吧，畢竟上一場手術並不是公開的！」李傑提議道。

「也好，跟我一起去附屬醫院吧！患者也應該準備好了！」

江振南教授可謂桃李滿天下，整個附屬醫院近半的醫生都是他的學生，所有人見了他都要尊敬地叫聲老師。

院長雖然跟李傑鬧翻了，但他心裏明白，江振南教授的臨床實驗是不能停止的，這個老人是他尊敬的師長，同時也是國內醫療界的一面旗幟，他說話，無論是誰都要給幾分面子。

院長熱情地招呼著江振南和李傑坐下，又是倒茶又是噓寒問暖的，讓李傑很不自在。前天，李傑才跟他爭吵過。其實，院長也不好過，爲了張帆和李傑爭吵，此刻，他的老朋友張帆卻已經進了公安局裏。

他雖然做錯了，但是他是不可能對李傑道歉的，畢竟他是院長，即使江振南教授要求他，他也不會道歉。

「江教授，下一例手術已經安排好了，只要李傑有空，隨時都可以做！」院長恭敬地說道。

江振南半身依靠木椅，雙手扶著拐棍，瞇著眼睛說道：「就在明天吧！要那個觀摩手術室，另外，以我的名義邀請各大醫院的醫生。」

手術中，李傑只要進入狀態，無論周圍有多少人看，他都不會在乎。所以，他對於江振南的話，是一點都沒在意。

院長卻明白江振南的意思，他無非是想誇耀一下李傑的技術，並且告訴自己，放走這條大魚是多麼的可惜。

他此刻也有點後悔，一個醫院的好壞，一部分看這個醫院的儀器是否先進，另一個最重要的原因，就是看這個醫院的人才。可他是一個好面子的人，即使再優秀的人才，他也不會挽留。

他此刻就是裝傻，裝作聽不懂江振南的話，只是唯唯諾諾地答應著，並不說什麼。

江振南是一個純粹的學者，他可能不明白院長的想法。李傑卻是知道，如果換作自己，恐怕也會跟院長一個做法。

身為院長，如果三番五次地管不了一個手下的醫生，那以後這個醫院恐怕就亂套了，所以，李傑也不怨恨這個院長。這裏恐怕還是自己的錯多一些，如果自己圓滑一點，恐怕就不會有這麼多事了。

「去看看患者吧！現在有四個符合條件的患者，並且他們本人及家屬都已經同意採用最新的療法！」院長說道。

在這個社會，窮人總是要承擔著更多辛苦，而富人則是在享受著更多。

比如眼前的手術，臨床實驗是很危險的，即使醫生覺得他有百分之百的把握可以完成這個手術，但畢竟是新方法，誰也不能保證不出意外，手術中的任何一個意外都有可能是致命的，所以很少有人願意接受這樣的手術。

唯獨窮人，因為他們承受不起高昂的手術費。如果不做手術，卻又必死無疑，做了手術，尚有一線生機。

第一附屬醫院一共有四個這樣的患者，他們無一例外都是窮人，之所以同意做手術，是因為這種手術費用可以減免很多，還有一點，因為主刀醫生是李傑。

這是個被百姓神話了的李傑，這是一個手術從來不會失敗的醫生，一個二十歲就可以拿到雙博士學位頭銜的醫生。

雖然有危險，但是他們相信，有李傑在，這個危險很小，甚至可以忽略不計！

「這四個患者中，你來選擇一個吧！我建議選這個十六歲的男孩。他病情比較嚴重，應該儘快手術，而且他心臟情況比較明朗，並不是那麼複雜！」

李傑沒有搭話，對著白熾燈仔細地觀察著X光片、心電圖、血液、主動脈造影等各種影像學檢驗圖像。

「就這個患者！」李傑放下手中的各種影像學資料，淡淡地說道。

院長一看，李傑選擇的是一個四歲的孩子，這個孩子年紀小，心臟也小，而且病況複雜，並不適合手術。於是，他勸道：「這個患者或許應該等幾天，他是昨天才轉來我們醫院的，病情也不重，似乎不用著急手術！」

「他已經到了刻不容緩的地步了，你仔細看這裏，右心房肥大的高尖的P波……」李傑指著影像向院長解釋道。

院長也是一名醫生，因爲他院長的身分，所以大家很多時候似乎都忽略了他的高超醫術。

李傑對著片子講了半天，可是院長卻愣是沒有看出片子有什麼異樣。在他看來很正常的東西，李傑卻是指出了其中很多的異常。

「會不會冒險？」院長雖然沒有弄明白李傑的解釋，但為了面子問題也不好再問，於是裝作明白了的樣子說道。

「不會，放心吧！這個患者如果不手術，隨時都有暴斃的危險！」李傑堅定地說道。他從影像學的檢查圖片上看出來一些端倪，患者情況的確十分危急，患者也是運氣不錯，碰到了李傑這個擁有變態眼睛的人。

李傑的眼睛可以很精確地測量距離，甚至如尺子一般！正是因為他的眼睛厲害，他才可以細緻入微地觀察出病況。院長雖然臨床經驗豐富，但卻達不到這個水準，所以他看不出來很是正常。

「手術定在明天，今天晚上，我來測試針灸麻醉！」

「針灸麻醉？」江振南跟院長異口同聲道。

「沒錯，今天做一下測試，如果可以，明天就針灸麻醉！」李傑堅定地說道，他是有目的地這麼做的，這次安德魯給了他們一個很好的機會！

全世界的目光都集中在了這裏！如果中華醫科研修院不拿出點東西，恐怕這次交流會就沒有人會認同中華醫科研修院，那麼所有的努力都白費了。

雖然平時的手術李傑也都盡心盡力地做好，但是他從來都沒有真正地發揮百分之百的實力。

他還有很多東西沒有用出來，這些東西都是後世研究的成果，而且很多都是結合後世發明的儀器一起使用的。

這段時間的臨床工作中，李傑一直在想如何能脫離後世那些先進工具而使用這些技巧，現在到了驗證的時候了。

不鳴則已，一鳴驚人！

這一切從手術第一步的針灸麻醉開始，李傑將會向這些眼高於頂的老外展示領先於這個時代的外科技術！

「把門關緊了，我不想有人打擾我！」李傑說完，從懷中變戲法般地掏出一包銀針。

針灸麻醉之前必須事先做個實驗找準患者的穴位，這也是個體差異的原因導致。此時，患者按照李傑的吩咐被打了安定劑，已經熟睡。

李傑一邊在他身體上尋找穴道，一邊測試著效果。

于若然覺得李傑的所作所爲猶如天方夜譚，雖然她也聽說過針灸麻醉，但是從來也沒有見到過。

中醫學作爲我國的傳統醫學，在近代開始漸漸地沒落了，像于若然這樣的醫科大學學生根本不懂中醫。

雖然他們也開了中醫課，但是沒有人重視這門課程，在于若然的思想裏，她根本不相信中醫的理論。

然而，現在她親眼看到了李傑僅僅用幾根銀針插在患者的兩個手臂上，患者所有的反射卻全部都消失了。

患者失去知覺，針灸麻醉成功了！于若然覺得眼前的一切實在太不可思議了，小小的幾根銀針，只是扎在胳膊上，竟然能讓人全身都失去知覺。

對此感覺到意外的不僅是于若然，在場所有人都對李傑的這些小小銀針感覺到神秘。

第二天的手術是在下午進行。患者在早上又做了一遍全身的檢查後，被推入了手術室。

手術室的觀摩台設計得很寬敞，這次觀摩手術的人雖然很多，但卻不覺得擁擠，每個人都有足夠的視野來觀察手術。

「麻醉師在想什麼？怎麼還不動？」阿瑞斯疑問道。

安德魯向手術室仔細一看，果然，麻醉師呆立著，一動也不動。

正在疑問中，他發現主刀醫生李傑進來了。他竟然拎著麻醉工具。在場的人都注意到了這點，不由得議論紛紛。

「這個傢伙怎麼變麻醉師了？」其中的一個醫生問道。

「鬼知道他想什麼，不過，肯定有好戲看！這個傢伙的手術總是能搞出一些新的花樣！」另一個不知名的醫生回答道，一聽就知道這個傢伙肯定是看過李傑的手術的。

李傑帶著麻醉藥品是為了防止針灸麻醉失敗，畢竟患者的生命要緊，緊急時刻還是要用藥物麻醉的。

「小弟弟，不要怕，一會兒等我給你扎幾針，你就不痛了，然後你會睡著，等你醒了的時候，就可以跟其他的小朋友玩了！」李傑輕輕地撫摸著患者的頭說道。

「放心吧！壯壯很勇敢，壯壯不害怕！」

李傑再一次撫摸這個叫做壯壯的孩子的頭，然後在眾人的驚訝聲中取出那包銀針。他深吸了一口氣，右手持針，輕輕地旋轉著，向手臂的穴道刺入。

刺入的位置以及深度都是經過精密計算，然後又經過昨天夜裏的測試確定的，李傑這看似不經意的刺入，所包含的知識卻是很多。

「他在幹什麼？給患者放鬆麼？」一位「生命之星」的成員問道。

保羅是見多識廣的人，他立刻猜測出了李傑的意圖，淡淡地說道：「針灸麻醉！」

「針灸麻醉？」那位「生命之星」的成員驚訝道。他是研究基礎醫學的，並不是外科醫生，所以沒有聽說過很正常。此刻，他深深地被這個東方古老而神奇的技藝吸引了。

「安德魯，李傑跟你說過這個麼？」保羅疑問道。

安德魯此刻已經迷醉在李傑的針灸麻醉中，如果不是阿瑞斯碰了他一下，他還沒聽到保羅的聲音。

「啊？針灸麻醉啊！我也是第一次見到，難道人體真的存在經絡麼？」安德魯興奮地道。

保羅搖了搖頭，他覺得李傑是在胡來，作爲世界著名心胸外科醫生，他對針灸麻醉做過深入調查。

這個古老而又神秘的方法，曾經引起過他巨大的興趣，可是最後的結論讓他失望，他覺得針灸麻醉並不是真正的麻醉。

它無法代替麻醉藥，特別是在大手術中，對於麻醉要求越高，針灸麻醉的不足也就越多。

眼前這個法洛四聯症的手術，顯然是一台大手術。對於各方面的要求都很高，小小的針灸麻醉絕對難以應付。

李傑將最後一根銀針扎入患者的手臂以後，孩子明顯變得不安起來，驚慌地說道：「身體沒感覺了，哥哥救命！」

麻醉成功了！李傑心想，然後他又安慰患者說道：「你放心，沒事的！」

在李傑安慰著患者的時候，麻醉師趁機給他注射了安定劑，以讓他進入睡眠狀態。在患者睡著了以後，李傑走出手術室，他需要做無菌處理，而患者需要布巾。

無影燈亮起，一身綠衣的李傑雙手舉於胸前，自信地準備手術。

「好戲即將上演，看看那幾個小針能不能真正麻醉！」阿瑞斯興奮地搓著手說道。

安德魯白了他一眼，沒好氣說道：「你又懂什麼！多虧了你還是神經專家，等他成功了，你也去研究研究經絡吧！」

「經絡是什麼東西？」阿瑞斯疑問道。

安德魯懶得理他，這要是解釋起來，恐怕沒有十天半個月說不明白。

保羅的眼睛死死地盯著李傑手中的手術刀。在他曾經的研究中，針灸麻醉鎮痛不完全，在切開皮膚前十五分鐘還必須靜脈注射強鎮痛劑杜冷丁，使患者對痛覺反應遲鈍。

但是李傑顯然沒有按照這個方法來做，手術刀在李傑的手上猶如靈蛇遊走，他在患者幼小的胸前劃出一條寸許長的切口。

保羅不敢相信眼前的事實，這個患者竟然沒有絲毫的反應，難道李傑的針灸麻醉又有新的進展？也許這只是個偶然而已？

更可能是因爲李傑的手部動作太快，皮膚切開得過於迅速！

助手于若然快速地將滲出的血液擦掉，器械護士準備好了開胸器，切開胸骨應該是患者感覺最疼痛的一步。

如果打開胸骨，患者依然感覺不到疼痛，那麼針灸麻醉起碼就算是成功了。

開胸電鋸是李傑最不喜歡的東西，他覺得這個野蠻的東西破壞了手術的優雅，但是人的骨頭過於堅硬，卻也是不得不用。

那鋸到骨頭的一瞬間，觀看的很多人都不自覺地摸了摸自己的胸口，似乎感覺到了疼痛一般。在開胸電鋸撤去時，大家驚訝地發現，這個患者依然安然睡著。

「哈哈！看到了吧！最疼痛的一步都過去了，可是患者還沒事。」安德魯囂張地笑道，彷彿是他的手術成功了一般。

阿瑞斯沒有回答安德魯，他是神經學專家，他早就聽說過針灸這種東西，但是一直覺得這不過是毫無科學根據的巫術而已。

但是眼前的事實讓他不得不相信，這並不是巫術，事實擺在眼前，一定有某些科學依據，只不過沒有被發現罷了。

看到李傑成功地鋸開了胸骨，眾人終於鬆了一口氣，同時也覺得很不可思議。

在場的有很多是各大醫院的醫生，對中醫多少有一些瞭解，對於針灸麻醉這個幾乎已經絕跡的技術也聽說過。

可是如李傑這般只在胳膊上扎幾針的技術，卻是聞所未聞，這樣神奇的醫術簡直可以寫進故事裏。

李傑打開胸骨以後，按部就班地做著接下來的步驟。他的動作嫻熟而靈巧，器械護士與助手的配合也不差。

器械護士總是能準時遞出正確的器械，各種器械經過李傑的雙手，便如同發生蛻變一般。準確的定位，精細的動作，讓人無法想像這是出自一個如此年輕的醫生的雙手。

在場觀摩的不乏頂尖的外科醫生，「生命之星」的世界級外科醫生如保羅，還有龍田正太的叔叔龍田暮次郎都是頂尖的外科醫生。

他們此刻內心受到了劇烈的震動，在龍田暮次郎眼裏，他的侄子龍田正太已經是一個超天才的人物了，而眼前的李傑似乎年紀更小，但是技術卻又高出不止一截。

保羅則更是震驚，那是因爲安德魯的話，這個胖子彷彿在享受美食一般地陶醉，一邊看著，一邊說道：「李傑這次似乎準備露一手給我們，接下來，肯定會有更精彩的表演！」

他猜測得很對，手術才剛剛開始，針灸麻醉不過是一個開端，李傑要讓這些人認識到了東方的神秘後，再來看看中國醫生的真正水準！

李傑認爲，簡單把西醫列爲西方醫學，而把中醫定位爲中國的醫學這個觀點不是完全正確的。中醫是國粹，這已經是毋庸置疑的定論了，他是祖國的傳統醫學。西醫其實不能算是西方醫學，他是根據系統的科學理論發展出來的醫學。

這是全人類的醫學，在醫學的發展歷史上也可以找出中國人也做出很多貢獻的證明。

李傑覺得，西醫有西醫的長處，中醫有中醫的優點。西醫依靠現代儀器來診斷病情，從表像上進行治療，哪兒痛醫哪兒。特點是見效快，能使患者迅速地擺脫痛苦。

中醫則採用「望、聞、問、切」診斷，憑藉著扎實的理論知識和在臨床上的經驗積累，主張病以四時分表裏，辨證施治、治標固本，對於慢性病、疑難雜症的治療有獨到之處。

中醫在千年前走了彎路，沒有科學理論來證明，以至於現在的後代們雖然空有一身醫術，卻得不到證實。

李傑今天的針灸麻醉算是給中醫爭了一口氣，可惜在場觀摩手術的沒有中醫，否則他定然會興奮無比。

患者在李傑與于若然的努力下，很快就露出了心臟，鮮紅的心臟跳躍著。雖然如此，李傑知道自己的麻醉技術研究得還不到位。這次能成功，但是在其他的手術中不一定會成功。他希望在未來的某一天，它真正可以達到更好的效果。

「準備做體外循環！」李傑低聲對于若然說道。

上一次手術，李傑爲了給于若然信心，讓她做了體外循環。這次手術，李傑則是自己來做。

相同的過程，幾乎一模一樣的操作順序，但是兩個不同的人做出來，差距確實很大。李傑的工作更加細緻精確，他的動作如羽毛一般的柔軟，彷彿是在撫摸最心愛的東西一般，同時他的動作卻又快得異乎尋常。

在場的人多是手術經驗豐富的醫生，體外循環也都做過成百上千例了，但是他們自問，覺得自己都無法達到李傑這種程度。

既輕柔，又快速，沒有人可以將二者結合得這麼完美。如果大家現在都在讚美李傑的技術，那麼下一步卻又要罵他魯莽了。

李傑在動脈插管上竟然勢頭不改，動作依然迅速，讓人看得心驚膽戰。心臟這些血管根部的手術操作，如分離、插管、阻斷、開放、上側壁鉗、高流量灌注等均可引起斑塊脫落，導致腦栓塞，但是李傑卻是極有自信地進行著手術，一點也不管其他人的擔心。

于若然一直以爲自己做得不錯，但看到李傑做的體外循環後，她才明白差距。這個李傑，是主刀醫生李傑，而不是李傑同學了。

他們兩個人的實力差距實在太大了，比于若然想像的還要大出很多倍。

「冷心停搏液，灌注插管！左心室引流！」李傑低聲提醒于若然道。

于若然以爲李傑會做右心室引流，但他卻很出乎意料地做了左心室的引流，在手術台上，主刀醫生的意志是不能違背的，雖然不明白，她也不多問，也不反對。

「看不出來，這個李傑竟然到了如此地步，手段非凡，見識也很高超！的確厲害啊！」龍田暮次郎感歎道，他算是完全認定了李傑超越了他的侄子龍田正太。

在一般人眼中，做右心室開口引流的話，似乎可以減少心臟上的切口，減少損傷，但是，眼前這個患者卻是左心室引流效果更佳，他的心臟太小，而且病變部位比較特殊，如果做了右開口，那麼對以後的手術會有很大影響。

李傑接著又在左心室近心尖無血管區作一褥式縫合，套上止血器，在褥式縫合圈中央做一小切口，自小切口置入左心室引流管，收緊止血器，將引流管與止血器固定在一起。

阻斷升主動脈，由主動脈根部的灌注管灌冷心停搏液，患者的心臟迅速停止跳動，他的血液循環則依靠機器暫時代替。

患者此刻依然在沉睡，針灸麻醉的效果還算不錯。麻醉師報告患者生命體徵穩定，可以進行下一步的手術了。

李傑手術的速度很快，從手術開始到現在還不到一個小時的時間，他的雙手彷彿在舞蹈一般，優雅迅速地變幻著，在這魔幻一般的舞步過後，整個體外循環卻奇蹟般快速地建立完畢。

年輕的手術團隊已經不是第一次做這類手術了，相比上次，他們信心更足，動作也更加熟練。

器械護士王麗，這個稀有的男護士此刻已經漸漸地適應了李傑的手術。李傑的手術與很多主刀醫生都不一樣，他對於器械有著近乎變態的獨特使用方法，王麗上一場手術已經見識過了這個喜歡用手術刀的變態醫生。

李傑接過王麗遞過來的最小號手術刀，刀刃劃破心臟，翻轉手術刀，刀柄撥開缺口，進行全方位的仔細探查。

三角形的尖刀有驚無險地避免了切穿心室間隔，避免了切斷三尖瓣乳頭肌。在那狹小的縫隙裏，他將肥厚的壁束心肌完美地作了修補。李傑一刀下去，避開了所有正常的肌肉，而又恰當好處地切除了病變部位。

手術台上的助手與護士們已經對此見怪不怪了，但是那些觀摩的醫生卻都驚出一身的冷汗。

特別是第一次來觀摩手術的人，都覺得傳說並非虛言。李傑的手術很有意思，果斷大膽卻不乏細膩。

「真是的，明明可以分開做的，他卻一口氣連續做完！不過我喜歡！」保羅讚歎道。

「看來你找到跟你臭味相投的傢伙了，兩個瘋子！」安德魯鄙視道。

保羅只是斜眼看了他一眼，微笑不語，在他看來，手術並不是純粹的醫術，它更是一種藝術，一種編織生命的藝術。

在李傑的手術中，你可以看到最完美的技術，手術的每一步都力求最好。如果只看這一點，他似乎應該是最厲害的外科醫生了。

手術在有條不紊地進行著，江振南作爲這個改進手術的總設計者，也是第一次看到這個被眾多人質疑的超高難度手術的具體操作。

其實，很多人來觀摩這個手術就是想證實一下，這個手術是不是真正成功，因爲手術的難度實在太高了。

可是當他們看到李傑剛才那一連串的心臟內修補時，就已經不再懷疑了。

修補要嚴密準確，要確保不留殘餘漏孔。此外，眼前的患者是一個小孩子，他還要成長，心臟會改變，因此對縫合的要求更高。

因爲手指太粗，手掌也太大，心臟內的縫合需要做器械縫合，手中的器械就如李傑加長了雙手，針線如有靈魂。

針頭穿過心肌，可吸收的縫線將墊片與心肌聯在一起，可是，剛剛縫第一針，李傑就覺得有些不對勁。

「患者有狀況，麻醉師檢查一下！」李傑停止動作說道。

麻醉師檢查著各個儀器，但所有的指標都顯示正常。他想說沒有，但是看到李傑的眼神，就知道，自己找不到異常，李傑肯定不會善罷甘休。

「患者似乎要甦醒了！」作爲助手的于若然首先發現了狀況。

原本平靜地沉睡中的患者此刻焦躁不安，彷彿是在做噩夢一般。麻醉師此刻反應也很快，打開早已準備好的工具包。李傑事先囑咐過，如果出現麻醉失靈的情況，那麼就在中途打麻醉藥。

李傑沒有下麻醉的命令，只是等待著，一句話也不說，一點兒表情也看不出來。

看來針灸麻醉還是無法突破這一步啊！保羅內心不禁感歎道，針麻有三大難關：鎮痛不全、肌肉緊張、內臟牽拉反應。

李傑這次成功地解決了鎮痛不全的問題，但依然在此刻出了內臟牽拉反應問題，內臟對痛覺並不敏感，用刀割也不會有明顯的疼痛感覺，但對牽拉反應卻十分敏感。

一般在針麻手術中，因牽拉患者內臟，患者疼痛時，還要注射局部麻醉藥普魯卡因，以減低內臟牽拉反應出現的疼痛。

保羅是希望李傑能完成這次針灸麻醉手術的，此刻針麻雖然有失敗的跡象，但是保羅已經承認了李傑的技術，承認李傑這次針灸麻醉的先進。

「補充注射安定！」李傑下完命令繼續俯下腰手術。

瘋了！這是所有人對李傑的評價，針灸麻醉出現問題，最穩妥的做法就是用藥物麻醉來補充。

可李傑竟然補充安定，讓患者繼續熟睡，難道一向以患者健康爲首任的李傑竟然要以患者的性命做賭博麼？

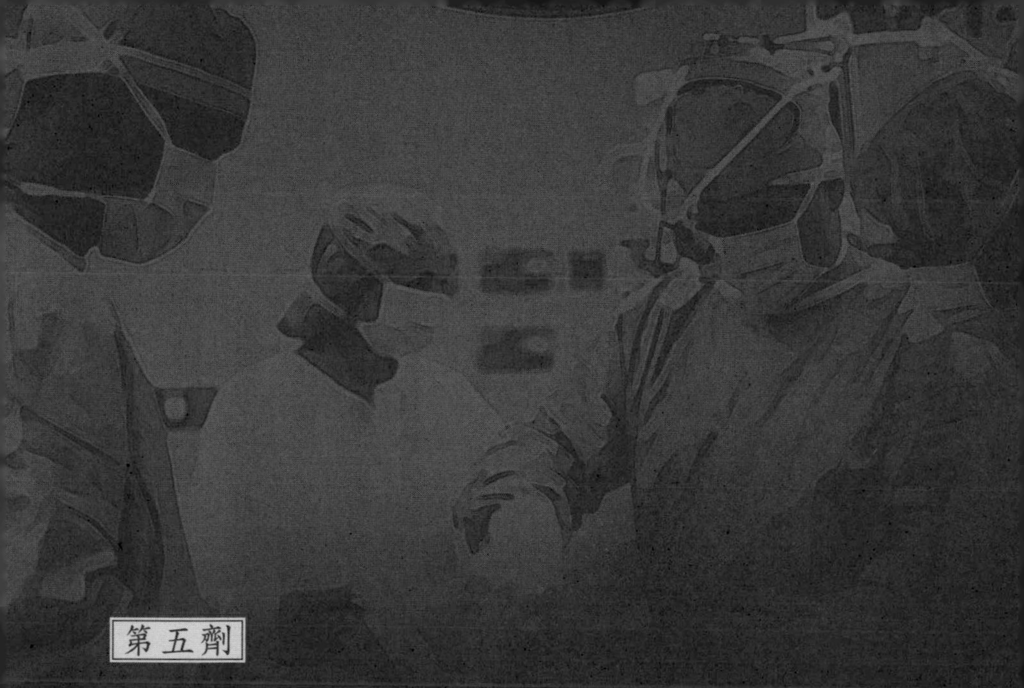

第五劑

黃金右手的危機

所謂醫不自醫，李傑身為醫生，
可能對患者的一丁點兒異樣都不會放過。
但是到了自身上，李傑卻忽略了這些，
在災區的時候，他的手臂就出現過感覺失靈的問題。
當時他很害怕，但是後來卻漸漸地淡忘了。
終於，這個印象中的小小意外險些釀成大禍！

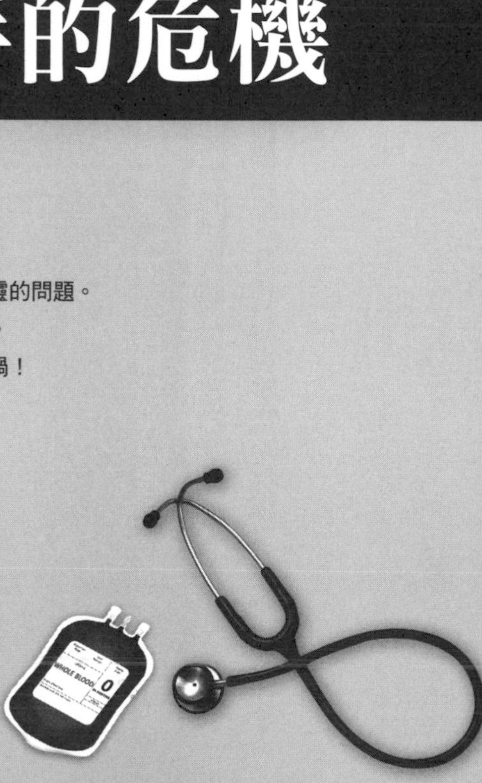

其實他們都錯了，按照李傑的推斷來看，眼前的患者畢竟是一個孩子，無論多麼堅強，他都是一個孩子。

孩子對於手術總是會更加害怕，在情緒上會有不穩定，現在這個孩子的狀況更接近於睡眠狀態。

手術對身體的損傷是巨大的，即使麻醉了感覺不到疼痛，但卻在影響著身體的其他方面。

現在這個孩子的狀況就是因爲他的年齡太小，再加上手術中的一些刺激，而致情緒不穩定，李傑判斷，這並非是針灸麻醉失靈。

事實證明李傑是對的，補充了安定以後，孩子又沉沉地睡去，而李傑則繼續著縫合。

在危險區縫合時，李傑使用的是江振南獨創的縫合，無論對針腳之間的邊距還是縫合深度要求都很高。

同時，這裏還要注意縫針不能到達左室面的心內膜下，以免損傷傳導束。

這裏的室間隔縫合和前面的多餘心肌的切除就是江振南手術中的兩個最難地方，李傑現在已經完成多半，縫合也進行了一部分。

這個過程中有多次的內臟牽拉，但是患者卻睡得很安穩，再也沒有甦醒的跡象了。麻醉師也放下心來，將麻醉藥重新放回去，繼續監視著患者的各項生命指標。

「都說中國人很謙虛，很保守！現在看起來的確沒錯，今日算是真正看到了中國的臨床醫術水準！」保羅贊同道。

「其實這也是保守，李傑肯定還有東西沒拿出來！」安德魯吹噓道，其實他早就覺得李傑已經到極限了，這不過是替李傑吹噓一下。他剛剛說完，突然又驚訝道，「他換位置了，他要幹什麼？」

手術室中，無影燈下，作為主刀醫生的李傑竟然跟助手調換了位置，他的助手于若然似乎有一些緊張，又有一點羞澀地拿著器械。難道助手要代替主刀來做剩下的手術？

李傑喜歡將一切事都掌握在手中，特別是手術，他要掌握全部情況，不容許有一丁點的差錯。

掌控全局必須有絕強的技術和無與倫比的細心，這是一件說起來容易，做起來卻是很難的事。所謂世事難料，天意難尋，差錯總是難以完全避免的。

同助手換位是李傑預料之外的事情，于若然雖然進步很快，但是李傑還沒有誇張到將她送到手術台主刀的位置上。

這也是沒有辦法的辦法，因為李傑突然覺得手臂發麻，然後就是一陣幾乎無法抵禦的疼痛感。

護士三番五次地幫李傑擦汗，還以為他是手術太累，實際上，他是因為手臂的劇烈疼痛而冷汗直流。

不能放棄！李傑堅定著自己的信念，他不清楚自己的手臂為什麼會劇痛，但是很明顯，應該是上次去災區留下的禍患。

李傑忍耐著完成了這個手術最困難的室間隔危險區域縫合，手臂從最初的麻木到最後的劇痛，再到現在的麻木。

不得已的情況下，李傑選擇了暫時當一會兒助手，讓于若然來頂替自己，這個手術不能停止，因為患者不能夠等待。

在這個時候，他還在幻想堅持一會兒，手臂或許等幾分鐘就能恢復，但是事情卻遠遠沒有想像的那麼簡單。

手術室中的意外情況大家都發現了，瞭解李傑的人都知道，他雖然瘋狂，但也不至於用助手來當主刀，特別是李傑痛苦的表情讓人擔心。

李傑此刻右手脈搏減弱幾近消失，但他還沒有意識到問題的嚴重性，還在幻想著能夠挺過這一會兒，等劇痛和麻木消失了，然後再完成這個手術。

觀摩台上的保羅最先發現這個情況，轉身對安德魯說道：「他可能出問題了，幫我去跟院長交涉，他的手術我來替下！」

安德魯一愣，立刻明白過來。李傑肯定是出問題了，因爲那個女助手的水準明顯不行！於是趕緊跑過去跟院長轉達保羅的意思。

于若然畢竟是一個新手，當她站在主刀的位置上時，她緊張得幾乎拿不住手術刀。她覺得自己當一個助手已經是勉強，作爲主刀她根本無法勝任，雖然有李傑的幫忙，卻依然不敢下手。

「好了，手術暫停，密切關注患者的情況！立刻改爲藥物麻醉！」李傑下命令道。針灸麻醉如果沒有他在場，出了問題誰也無法糾正。

李傑手臂的疼痛已經到了他忍耐的極限。

其實，于若然完全可以代替他做十分鐘的手術。下一步的動脈狹窄解除並不是那麼困難，然而于若然信心不足，根本無法代替他手術。

李傑快步走出手術室，鬱悶至極地甩掉乳膠手套。

保羅此刻剛剛穿好手術衣，他雙手懸於胸前，微笑著對李傑說道：「小傢伙怎麼生氣了？你放心吧！我來接替你，患者保證會沒事，問題儘快去解決吧！」

李傑苦笑著點了點頭，保羅接替手術，他當然放心，這個世界最頂尖的醫生如果不能相信，他還能相信誰呢？

原本計畫得好好的手術竟然半路中止，江振南教授在後續做了很多改進，李傑都沒能展示出來，他覺得總體上來說，這場手術不能算真正成功。

但是其他人卻不這麼認爲，李傑的這個手術已經超出了他們的想像，雖然手術沒有完成，但是用盡百分之百實力的李傑依然足夠讓他們震撼。

李傑直接衝向藥房，也不管眾人異樣的目光，他從藥櫃裏直接找出嗎啡。擼開袖子，他給自己注射了一針，他實在忍受不了這樣的劇痛了。如果換作別人，在這樣的劇痛下，恐怕早已經痛得失去了理智。

「李傑你沒事吧！」

李傑順著聲音的方向望去，說話的是石清。她來得比較晚，因爲從災區剛剛回來，一直過度疲勞的她在溫暖舒適的床上睡的時間太長了。

她並沒有看到李傑手術的整個過程，她也不關心這個手術有多麼的精彩！在她心目中，只要能看到李傑就行了。

在觀摩台上，聽到眾人對李傑的誇獎，她心裏美滋滋的。可是沒一會兒，手術室竟然發生這樣的變故。

剛才李傑打針的時候，她看得清清楚楚，李傑那痛苦的表情，讓她十分擔心。

一針下去，李傑感覺好多了，劇痛立刻消失，他強裝微笑說道：「我沒事，一點事兒也沒有！」

李傑的表演很像那麼一回事，但是藥房的護士卻出賣了他。護士跑出來對李傑吼：「哎！你給我把嗎啡拿回來！」嗎啡這東西可不是誰都能隨便拿的，護士這麼做也是負責。

「你怎麼了？難道嗎啡成癮了？」石清驚醒過來，著急地問道。回想剛才李傑那痛苦的樣子，然後一針嗎啡竟然立刻又變正常了起來，她不由得想到李傑是不是嗎啡成癮了！

「沒有！我不過是手臂有些疼痛與攣縮，並不是你們想像的這樣！」李傑沒有辦法，只好將真實的情況供出來。

他將自己在災區胳膊受傷的情況原原本本地說了一遍，然後加上自己對傷勢的分析，以便讓石清安心。

石清卻根本不信他，不容分說，拉著李傑就去看病。她那關切的表情，著急的樣子，讓李傑覺得很溫暖，就這麼任她拉著。

所謂醫不自醫，李傑身爲醫生，可能對患者的一丁點兒異樣都不會放過。但是到了自身上，李傑卻忽略了這些，在災區的時候，他的手臂就出現過感覺失靈的問題。當時他很害怕，但是後來卻漸漸地淡忘了。終於，這個印象中的小小意外險些釀成大禍！

李傑算上前世今生，也給患者開過多次藥，做了數不清的檢查。他一直很健康，就算頭痛腦熱的，他也不吃藥，仗著年輕，通常都是隨便睡一覺也就好了。

然而不得病還好，這一得病卻把李傑折騰了個夠。

李傑雖在接受檢查，但是心中卻是想著剛才的手術。沒一會兒的功夫，李傑檢查完畢，也不等結果如何，他立刻又回到手術室。

剛才還是主刀醫生的李傑此刻卻成了觀眾，而剛才的觀眾保羅卻拿起了手術刀。世事就是如此難以琢磨，石清一直跟在李傑身後，她有些生氣，氣他不愛惜自己的身體。

「你現在覺得怎麼樣？」石清小聲問道。

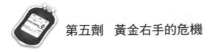

「好了，好了！一會兒結果出來就知道了！你看這個保羅手術果然厲害！」李傑興奮地說道。

手術台旁的保羅技術高超，雖然是跟陌生的團體配合，卻看不出一點兒生澀，彷彿是合作多年的老手一般。

李傑比起世界頂級的大師還有不小的差距，顯然他自己也發現了。來到這個不太一樣的世界後，李傑一直過得順風順水，每次手術，總是讓別人除了震驚還是震驚！

在上一世，李傑雖然不能算世界頂尖醫生，但在國內也算小有名氣，技術也算高超，來到這二十年前，他也覺得自己應該算得上最好的醫生之一。

可是保羅讓李傑知道，雖然比李文育那個世界，這時的人們落後二十年的科技，但是這個世界外科醫生的技術卻一點不落後。

李傑的優勢只是在於他知道很多未來發展出的手術技術以及醫療儀器的技術而已。

「一會兒你必須要聽我的，接受治療！」石清拉著李傑對他小聲說道。

李傑注意力完全在手術台上，根本沒有注意到石清在說什麼，隨便地嗯了一聲，然後繼續看手術。

保羅的手術讓人覺得，他彷彿是在雕琢一件藝術品一般，那飄逸優雅的動作很難讓人想到他是在做手術。

「你的胳膊還痛麼？」石清再次問道。

「嗯！」

「啊？那再去看看吧！」

「嗯！」

「走啊！」

「嗯！」

石清發現李傑雖然不停地答應著，但是根本就沒有聽自己說什麼，他的注意力完全在手術台上。

石清有些生氣，杏眼圓睜。她在李傑的胳膊輕輕擰了一下以示懲戒，可她發現李傑竟然還沒有反應。

本來以為是他不理自己，但一想不對，她又在李傑的胳膊上擰了一下，還是沒有反應。石清這下慌了，搖著李傑說道：「你的胳膊？沒感覺了麼？你別嚇唬我！」

「怎麼了？」李傑戀戀不捨地從手術台上撤回目光，回頭問道。

「你的胳膊沒有感覺了麼？」石清著急地問道。

李傑覺得石清是多慮了，用左手在右胳膊上試了一下。他臉上的笑容凝固了，的確沒有感覺了。

難道尺側神經損傷？李傑心中暗想，這個時候，他也已經沒有心情去看手術了，病情可能比他想像的還要重。

靜靜地走出手術室，他要去看看剛才的檢查結果。檢查不是很複雜，結果也都出來了，醫生同時也給李傑下了診斷。

「尺神經損傷！」醫生說出了自己的診斷結果，看著李傑一臉不信的樣子，然後又補充道，「你在地震災區被不潔的手術刀割傷過，當時已經損傷了尺神經，但是你沒有做任何處理，只是打了破傷風以及抗生素吧。」

醫生看到李傑點頭，又繼續說道：「當時你也有過手的觸覺消失，那就是症狀的提示！李傑你太不小心了，作爲醫生怎麼能對自己這麼大意！現在病毒在你手臂中氾濫，已經徹底地損害了你的神經！」

石清很緊張地拉著李傑的手，對醫生說道：「那要怎麼辦？能治療麼？」

「當然可以，李傑這麼優秀的醫生，怎麼能就這麼丟掉他的手，這雙手可是他的生命啊！」醫生笑道。

李傑想起了自己傷口的異樣，他手臂的傷口癒合很遲，當時已經有很明顯的症狀表明有未知的病毒感染。

實在是自己太不小心了，李傑很害怕恢復得不好，神經的損傷可能會讓以後感覺再也沒有這麼靈敏了。

「再去做一個檢查，看看具體受損的程度，然後再確定具體的治療！」

「再加一個檢查，我還要做一個手臂的動脈造影！」李傑說道。

醫生一愣，然後笑著對李傑說道：「好吧！你做吧！」

他雖一臉的笑容，但是李傑看得出來，他心中有些不快，但也管不了那麼多。李傑也是才想到做這個檢查的。

所謂關心則亂，對自己手臂的過度在意讓他在判斷上有些偏差。他一直忽略了手臂的一個最重要的症狀，那就是疼痛，神經損傷不應該有這麼痛。

李傑更懷疑的是血栓閉塞性脈管炎，結果如何，看動脈造影就知道了，它不僅可以確定病情，還可明確動脈閉塞的部位、範圍、性質和程度，並可瞭解患肢側支循環建立的情況。

僅僅十幾分鐘的等待就讓李傑覺得心裏煩亂無比，當結果出現的時候，他真不知道應該高興還是應該悲哀。

李傑對自己的判斷是正確的，動脈造影顯示血管中的確有一個血栓，可以按照正確的方法來治療。

但是這個血管栓塞病症治療起來要比神經損傷麻煩得多！更麻煩的還是手術，李傑這次中途退出，有保羅頂替了這個手術。可是剩下的手術呢？這做了一半的手術，一半的研究恐怕都要因爲他的這個突如其來的疾病給毀了！

手術怎麼說都算是完成了，很成功的一個手術。保羅後來表現出來的那些技術，其實都是李傑準備施展的。

事後李傑看了這台手術的錄影。他沒有想到保羅接他這個手術後，竟然是按照他原本的計畫來做的。保羅能在沒有準備的情況下，卻做出比他還要精彩的手術，這是讓李傑真正佩服的地方。

看到比自己厲害的人，李傑並不氣餒。這個世界厲害的人多了，根本數不過來。不過李傑發誓，下次見到保羅，一定要拿出比他更厲害的東西來。

當石清發現李傑在看手術錄影的時候，立刻氣沖沖地跑去關掉電視，然後對李傑吼叫道：「不是讓你安心養病麼？怎麼還在看這個？」

電視的畫面剛剛播放到保羅做完動脈的補片，雖然離手術結束還有差不多半個小時的時間，但此刻對於李傑來說，整個手術其實已經宣告結束了！

石清現在關電視正是時候，李傑跟一個做錯了事的頑皮孩子一般，對石清笑笑然後說道：「小青石，你這麼關心我，我都不知道應該怎麼報答你了！」

「哎，你能恢復得完好如初就行了！」石清歎氣道。

「放心吧！我這也不是什麼大病，不過是上肢的一個栓塞而已，最難不過做血管搭橋。現在有世界上頂級的醫生在這兒，我還怕什麼！」李傑不在乎地說著。

「哼，你知道你這病哪來的不？就是你這麼不在乎得來的！」石清沒好氣說道。

李傑只是笑笑，並不說話，這個病看似嚴重，其實並沒什麼大礙，需要的就是藥物治療。李傑已經在醫生囑咐下吃過藥了。

現在他是被石清強烈要求，才在醫院裏待一段時間，做進一步的觀察。因爲石清害怕他的手臂可能出現更多的血管阻塞。

李傑與石清兩個人正在閒聊鬥嘴的時候，安德魯帶著他那一身肥肉晃晃悠悠地來了，他香腸一般的手指掛著很多袋子，裏面裝著很多吃食，算是探望李傑的禮物。

「病得很嚴重麼？怎麼還住院了。難道多發性的？全身都有栓塞？」安德魯驚道。

「我全身都栓塞，現在腦袋裏都是了！安德魯大哥你如果不救我，那我死定了。」李傑裝出一副痛苦的表情說道。

石清看著李傑搞怪的表情，忍不住笑了出來。

安德魯這才發現自己被騙了，但他也不生氣，一屁股坐在病床上，將李傑擠到一邊去，然後將帶給李傑的水果等食品扔到桌子上。

七月天就是一個火爐的天氣，炎熱的空氣讓人無法呼吸。在這樣的天氣裏，最難受的就是胖子了。他們脂肪多，散熱能力比較差。

安德魯這樣的巨型胖子更難受，他雖然穿得很涼快，無奈炎熱的天氣加上滿身的脂肪弄得他滿頭大汗。他蒲扇般的大手不斷地扇著，可是那麼一點點微弱的風，不過是在心理上讓他涼快一點。

「這個給你！」安德魯遞給李傑一張小紙片，李傑接過一看，正是一張十萬美元的支票。上次李傑跟他借錢，他同意了，但還不知道怎麼開口再談這事，沒想到他竟送過來了。

李傑想說一些感激的話，可是卻不知道應該說什麼好，他覺得任何話語到了此刻都是蒼白無力。

石清此刻注意到了李傑手中的支票。冰雪聰明的她立刻就明白這筆錢的用處，於是也沒有開口問。

可安德魯接下來的動作，她卻看不明白這個碩大的胖子要幹什麼。

安德魯站起來，左手扶著李傑的頭，右手在他的頭上到處按了一遍，痛得李傑哇哇直叫，接著，他又依次拉著李傑的四肢，掏出一根針，在他的手指與腳趾上又是一陣插。

李傑知道這個傢伙在給自己診斷，可是安德魯的診斷總是這麼變態。上次氣性壞病的診斷他就是只用力一戳，患者就痛得亂叫。

現在他對李傑又是一陣亂搞，弄得李傑哭笑不得。這個胖子的診斷似乎總是伴隨著巨大的痛苦。

「安德魯，別弄了，病情已經確定了，我只是上肢局部的感染引起栓塞，不會出現全身的問題！」

「所謂諱疾忌醫就是你這樣的了，我是天才醫生你懂麼？你怎麼能確定你的手臂就一定是感染？」安德魯輕蔑道。

安德魯的話沒嚇住李傑，卻嚇住了石清，她緊張地問道：「難道還有別的情況麼？」

「別聽他胡說，對於自己的病情我還是很瞭解的，我已經對手臂做了細緻的檢查，造成疾病的原因就是感染！」李傑說道。

「這就是你的局限性了，如果你是傳染病專家，你就會不自覺地將病情向著傳染病的方向想，如果你是心血管病專家，你就會想到這是心血管問題引起的！」安德魯一邊嚴肅地說著，一邊抓起李傑患病的胳膊，繼續著他的檢查。

「可惜我是外科醫生，診斷我並不擅長。不過這個我確實能確定，我要出去跑一趟，你要不要跟我去？」李傑從安德魯的手裏抽回胳膊說道。

「我不去了，把你的血液樣本給我一份，我要好好地研究一下！」

「我又不是小白鼠，你研究我幹什麼？我這個病你不用管了。」李傑沒好氣道。

安德魯這個傢伙對於力量的控制實在不好，就這麼一會兒差點把李傑折騰死。

「不行，跟我去抽血！」石清微怒道，她知道安德魯是有名的醫生，因此對他的話深信不疑，拉著李傑就去抽血液。

安德魯其實並不是多心，李傑的這種病症並不多見。引起感染的就更少了！一般這種病發病前會有反覆的感染史。

可是李傑卻僅僅是第一次，機率太小的事件通常都是非正常的事件，不是每個人都有那麼「好」的運氣碰上這種千年不遇的事。採集完血液標本後，安德魯彷彿得到了什麼寶貝一般，扭著肥碩的身軀風一般地跑回去研究了。

李傑用棉花按著還在出血的針孔，對石清說道：「好了，我現在也沒事，你跟我走一趟。趁著我現在有空，去把我送你的禮物給接受了！」李傑知道石清想拒絕，於是繼續說道，「這不是什麼大病，不用太擔心了。」

康達的研究一直在運作著，雖然領頭人張帆出了研究醜聞，但是李傑的承諾卻讓他們看到了新的希望。

現在的研究，領導者爲郭超，在張帆入獄以後，他就自然而然地成爲了這群人的領袖。李傑對於他們在這個時候還能堅持很是佩服。

如果換作李傑，恐怕會趁著這個時候去找新工作，或者乾脆休息，畢竟誰也不能保證以後怎麼樣。

郭超將這種藥品的研究計畫重新制定了一番，然後將研究室的人重新分組，優化組合了一番，以便做到各司其職，使每個人都能在最擅長的領域發揮最大的作用。

實驗室的老舊電風扇有氣無力地轉著，微弱的風無法趕走炎炎夏日的灼熱。實驗室裏雖然燥熱，但是這裏的每個人卻都幹勁十足。

他們在上午剛攻破了一個難關，這雖然只是一個階段性的勝利，卻大大地鼓舞了士氣。高漲的士氣激發了巨大的工作熱情，炎熱的夏天，枯燥的工作在他們眼前都不是困難。

郭超覺得，如果大家能永遠保持這麼高的工作熱情，那麼任何困難都是可以解決的。

他內心裏還是有些擔心，這擔憂來源於李傑。康達的資產評估已經出來了，實驗室雖然不大，但是也價值幾十萬，再加上各種費用，對於他那就是一個天文數字。

郭超昨天已經將具體的賬目報告給了李傑，李傑也作出了承諾說今天會過來，但郭超還是懷疑李傑一個年輕的小醫生恐怕沒有這麼多錢。

現在是下午二點左右，卻依然不見李傑的蹤影，雖然郭超知道李傑不會食言，但心中卻總是莫名擔心。

此刻，李傑正搭著計程車趕過來，隨行的還有石清。康達是李傑入股買下的，他畢竟是一個醫生，不可能長時間管理這個藥物研究室。

石清現在畢業了，時間充足，讓她來領導這個藥物的研究最合適不過，而且藥物研究也一直是她的夢想。

當李傑看到郭超的時候，他覺得這個傢伙有點過於激動，竟然有些激動得顫抖。

「張帆那裏如何？股份轉讓了？」李傑抽出被他拉得有些痛的手說道。

「辦好了，他無條件送給了我們，其實我們什麼都沒有了，這些研究室、廠房等都要到期限了！可以說，我們一切都是重新開始！」

「這就好！事情我都辦好了，今天就是來跟大家見個面，以後的事直接問石清吧！不對，我們應該叫她石經理！」李傑說完，又小聲對石清說道，「小青石，變成石經理了，感覺怎麼樣?大恩不言謝，你無以報答，就爲奴爲婢吧！」

石清的回答就是用力扭他一下，在他的胳膊上留下一條瘀青，然後轉而很大方地與郭超握手說道：「以後還請關照！」

「應該是您關照我們，希望康達能在您的帶領下走出困境！」

「帶我去看看康達具體的情況吧！」石清肅然道。

李傑無奈地揉了揉可能被掐青的胳膊。他覺得石清現在就是一副女強人的模樣，跟當年做他老師的情況差不多，而平時，她跟自己卻又總是一副小女人的模樣。

郭超帶著兩個人走進研究室，一路上介紹著康達的情況。石清是第一次來這裏，作爲這裏以後的管理者，她將每一處都瞭解得很仔細。

當李傑帶著石清來到康達的研究室的時候，整個研究室沸騰了，因爲李傑宣佈他的資金立刻到位，更加振奮的是石清的加入。

中國人基本都崇拜英雄，相信神話，陸浩昌的成功神話就在眼前，因此石清這個陸浩昌研究室的得力助手，則成了他們心目中最重要的保障。

人生中總會經歷幾次大起大落，勇敢的人會緊緊地抓住自己的命運，而弱者註定會在這大起大落中迷失。永遠不要放棄，也許只要再堅持一下，你就能立刻成功。現在，他們這幫

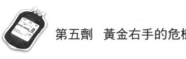

人就是處於這種心境之下。在李傑的幫助下，沒有了後顧之憂的他們，將會工作得更加賣力，實驗進度也將會更加快速。

石清的表現讓李傑驚訝，這個總是弱弱的小女人，現在表現得很稱職。她那慷慨激昂富有煽動性的講話，讓這些人充滿了幹勁。

她在陸浩昌實驗室的時候，工作起來就很是狂熱，一直到李傑去了以後，研究上的各種難題迎刃而解，再加上李傑總是有意無意地拉著她一起玩，這才改變了她的工作狂形象。

現在她再次進入研究室，戴上鏡片厚厚的眼鏡，變回了曾經的工作狂。李傑只能在一旁暗自感歎，自己努力改變石清的成果一瞬間就沒了。

石清今天是第一次來到研究室，但卻立刻投入了工作。李傑則跟郭超在原張帆的辦公室中悠閒地討論著關於康達的各種問題。

「算起來，錢還真不少，這麼小的地方竟然需要這麼多錢！」李傑一邊看著郭超給他的報表，一邊嘟囔著。

「是啊，如果不是這麼燒錢，張帆也不會鋌而走險。前天，我去見他的時候，他很憔悴。其實他也是沒有辦法了，公司實在堅持不住了！」郭超歎氣道。

「他這麼做看似正確，可他有沒有想過，假藥會害多少人？現在說什麼都晚了！」李傑一邊說著一邊翻閱著手中的資料。

大約十幾分鐘的時間，資料終於看完了。李傑一直以爲這麼大一點的公司，那麼幾個員工，投入不會很大。十萬美元足以支持到研究結束，就算安德魯不借他這筆錢，他也不怕。只要回家將藥店做抵押去貸款，弄點資金也應該夠支撐這個小公司。

現在李傑終於認識到自己的錯誤，手裏這筆錢根本不夠用，就算回家將藥店抵押了貸一部分款來，恐怕也不夠。

在陸浩昌的實驗室，李傑只學會了研究，可沒有學會管理賬目，如果馮有爲在這裏，他肯定一眼就能看出來這裏面的經濟問題。

藥物研究的進度只有百分之七十五左右，就算他李傑再天才也不可能一步到位將藥物直接研發出來。

「都是錢惹的禍啊！」李傑歎氣道，「怎麼算，錢都不夠用，本來想用康達來賺一筆錢，沒有想到竟然把手裏的十萬美金也都套了進去。」

「怎麼了？您注入了十萬美金，已經夠用了！」郭超疑惑道。

「實驗室的進度緩慢，恐怕我們的資金堅持不到那一天啊！」李傑歎氣道。

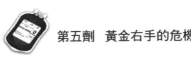

「不用怕，我們已經商量過了，大家不要工資。等藥物研發出來那天，有錢了再發工資也行！」

年輕人爲了夢想什麼都肯放棄，這些爲康達工作的人都不是本地人，全靠著這點微薄的工資生活，更有一些人需要工資供家中弟弟上學，爲父母養老，現在他們卻不顧一切地追逐著自己的夢想。

可是他們太小看了這種藥物研發的難度，按照李傑的估計，這種藥物還需要半年以上的時間，更需要大規模的臨床實驗。每一步都是燒錢的，每一天都是要錢的，他那小小的幾十萬元是不夠的，必須另謀出路。

「看來只能換種藥物了！」李傑歎氣道。

郭超聽後，顯得很激動，他站起來說道：「難道你要停止這個藥物的研究？這怎麼行？我們爲它付出了這麼多，怎麼能停呢？」

「先坐下，你想錯了，我是想從新開闢一種藥物，用最快的速度將它研究出來，然後投放市場！」

「一個新藥研發起來太困難了，更何況我們到現在也沒有任何項目，怎麼可能在短期內成功？如果我們分散研究力量來研究另一個藥物，眼前的這個藥物更無法成功了！」郭超有些想不明白李傑這麼嚴謹的人，爲什麼突然異想天開地說這些。

其實他的擔心有道理，如果一種新藥那麼容易開發，張帆也用不著做假藥來騙人了。

「郭超，你最瞭解研究人員的實力，我需要幾個人組成新研究小組，至於新藥你不用害怕，我這裏就有，三五個人不會對這個藥物的研究產生很大的影響！」李傑神秘地說道。

郭超本以爲李傑是在開玩笑，但是看到他的表情卻又不像，心裏搞不清他到底在想什麼。雖然懷疑，可李傑畢竟算是他的老闆，只能按照他說的去做。

李傑當然不能告訴他自己曾是另一個世界的人，不能告訴他，在他的腦海裏有很多領先於這個時代的技術。

製藥這塊一直是李傑計畫中的重要部分，他來到這個世界上沒有什麼別的優勢，所憑藉的還是他的老本行醫術。手術台上的技術不用說了，已經讓他得到不少好處。

另外一塊就是製藥方面。雖然他是一個醫生，但畢竟經過嚴格訓練，對於製藥方面就算再差，也比二十年前的水準要高很多。

在作爲李傑的這一世，他又跟隨陸浩昌學習了很多，現在他的水準不差，再加上後世的一些知識，一點先進的實驗技法，足以讓他成功。

李傑現在只覺得可惜，如果當年要知道會到這個世界，他就會把核磁共振的製造方法也學來。那才是一個改變世界醫療格局的發明。

康達的員工此刻陷入狂熱的工作中，即使到了下班時間也沒有人走，他們都是自願地加班到夜幕降臨。如果不是李傑催促，他們恐怕還不會走。

這股子熱情如果用在體力勞動方面，可能進展會很明顯，但這是搞研究，並不全是依靠時間就能出成果的。

在回去的路上，李傑跟石清說出了自己的想法，也就是開發一種新品種藥物的方法，誰知道剛剛說出口，就遭到了石清的強烈反對。

「絕對不行。這個藥物大家花費了這麼多精力，怎麼能放棄？」

「你可別生氣，聽我說完行麼？我怎麼是那種過河拆橋的人，這種藥物也會繼續研究的！」李傑有些無奈，不過是一個提議而已，自己又沒有說出這種藥不研究了。

「那也不行。你看到他們的熱情了麼？既然你將康達交給我，我就要負責到底，你要聽我的！」石清一臉怒氣地說道，她以爲李傑想過河拆橋，買了康達卻不想研究這個藥物。

李傑是一邊走一邊解釋，這一路把口水都說乾了。石清終於相信了幾分，眨著美麗的大眼睛說道：「那你準備弄什麼藥物呢？」

此刻，兩個人已經走到了第一附屬醫院，李傑是過來取藥品的，他一邊走一邊對石清說道：「哈哈。就不告訴你！」

兩人正在嬉笑間，突然一個聲音驚訝道：「啊！李傑你在這兒？我找了你半天了！」

李傑轉身一看，這不是第一附屬醫院的外科醫生麼？他會找自己什麼事？可還沒等問，這個醫生又繼續說道：「快來，快來，有人重傷，心臟穿刺傷，只有你能救他了！」

李傑一聽，二話不說就跟著他一起跑過去，無論現在自己是什麼身分，看到患者總是要救的，他邊跑邊問道：「王永主任呢？」

「患者心臟數個穿孔，合併肝臟破裂！王永正在做另一台手術，空不出手來，現在只有你能救！」

石清聽到手術已經著急了，一把拉住正在準備跑去救人的李傑說道：「你的手還沒有好，醫生已經囑咐你不能長時間工作，特別是手術！」

那位醫生從外地剛剛回來，並不知道李傑的傷勢，此刻一聽也明白了幾分，於是說道：「李傑，不要勉強，我去替換王永主任的手術，讓王永主任去治療這個重傷的！」

「不，我去！」李傑一臉堅毅地說道。

「可是你的胳膊怎麼辦？」石清著急道，她也明白救人的重要性，但是讓李傑帶著傷去救人，心中總是不那麼願意。

李傑溫柔地摸了摸石清的長髮安慰道：「時間不等人，心臟破裂穿刺，如果不快速搶救，可能會死掉。等不及王永主任重新消毒來救人了！」

李傑說完，轉身又對那個醫生說道：「麻煩準備三份標準單位的嗎啡，防止我胳膊出現意外！」

比起生命來說，一切都是渺小的。心臟穿刺破裂傷，必須立刻搶救。第一附屬醫院醫生此刻正值下班時間，在院的醫生很少，能做這個手術的更少。眼前的這個醫生，他的技術不過關，王永又不可能同時做兩台手術。

此刻的李傑別無選擇，即使拚著手臂的傷勢加重，他也要進行這個手術。

注射了嗎啡後，李傑手部感覺良好，彷彿不曾發生病變一般，沒有了劇痛，嗎啡的魔力無窮，這是毒品的主要成分，其強烈的快感能讓人欲罷不能。同時，它也是治病救人的藥物，有強烈的鎮痛能力。它可以讓人在幻境中達到無限快樂，也可以讓人在現實中解除痛苦。

「好了，放心吧！不用擔心！」李傑最後一次安慰石清說道。

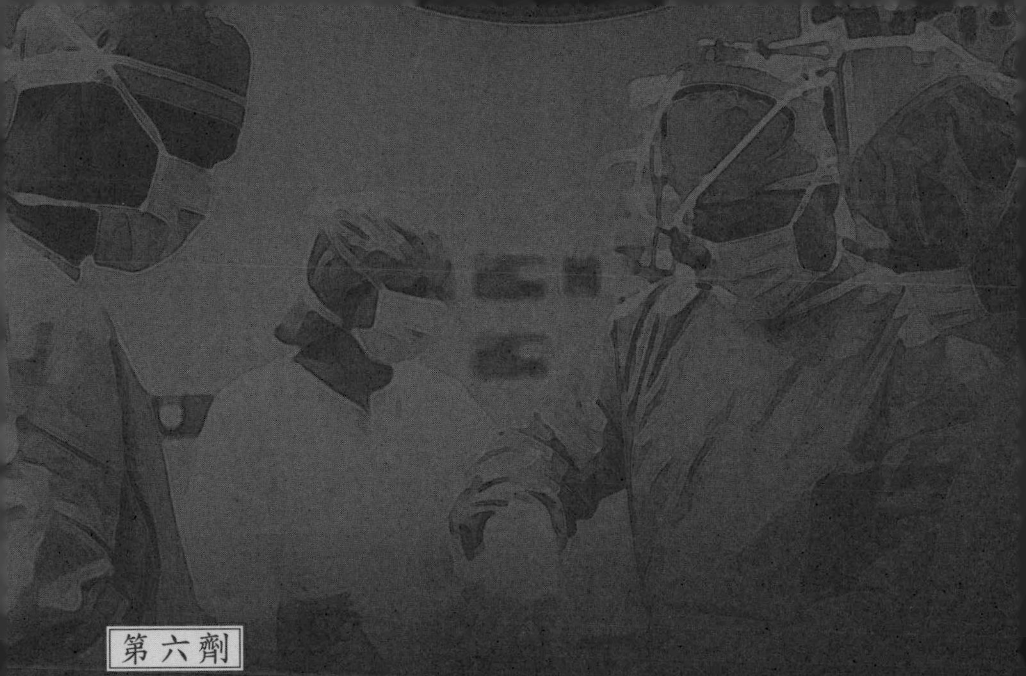

第六劑

破裂的心臟縫補術

時間對有些人來說，消逝得快得驚人，
就算是幾個小時也不過是一會兒的功夫。
但是，對於有些人來說卻是一個難熬的過程。
不過是幾分鐘的時間，卻彷彿又過了一個世紀一般。
手術室的醫生們都已經快要瘋了。
強力的低溫麻醉，然後不經過體外循環就直接將患者心臟停止，
這一切是他們想都沒有想過的手術方法。
如果手術失敗了，李傑將負全部的責任，
所有的都是非常規的手術方法，
任何人都會認定這是一場嚴重的醫療事故。

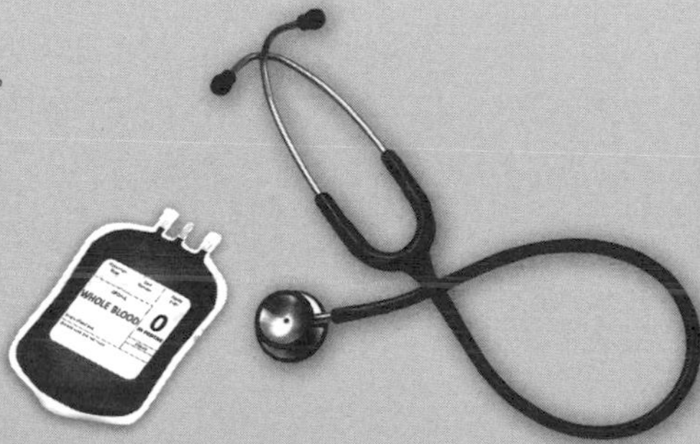

無影燈下，綠色的手術衣，套著乳膠手套的雙手懸於胸前，李傑此刻又走入了手術室。但是手術室中的人卻以爲這是幻境，在這個最緊要的關頭，誰都不會想到，李傑竟然如救世主一般戲劇性地出現了！

原來的主刀醫生看到李傑的時候，主動讓開了自己的位置。個人的面子問題在生命面前是無關緊要的。現在，這個手術只有李傑能做，患者的胸腔已經被打開，心臟上大約有七個破裂口，同時肝臟破裂……

李傑就是一個不斷帶來奇蹟的人，在康達的員工心目中，他就是一個奇蹟，在這個手術室裏，他也是一個奇蹟。

在別人眼中，李傑就是一個傳奇，是一個奇蹟。人們看他，便如同仰望著那耀眼的光環。可是在他自己眼裏，他自己也就是普通人。

如果不是回到這個落後的時代，他就只是一個優秀的主刀醫生，唯一突出的與眾不同之處或許就是他比較固執。

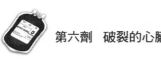

作爲一個普通人，他也不是無畏的。嗎啡打下去的那一瞬間，他感受到了那種無盡的快感，同時也明白自己走上了一條危險的路。

他對自己的傷勢很瞭解，缺血的手臂不能長時間做手術。過多的運動會消耗過多的能量，而阻塞的血管無法運送那麼多養分，手術時間過長會造成無法估量的損傷。然而作為一個醫生，他別無選擇，雖然冒著絕大的風險，雖然這個患者的生死與他毫無關係。

手術室中的李傑在嗎啡的鎮痛下完全恢復了往日手術台上的風采，心臟多處的破裂口只有他這樣快到變態的手法才能挽救。

手術室的其他成員多數都聽過李傑的名號，但是卻沒有跟他合作過，多數人都覺得李傑言過其實。

今日的合作，他們發現李傑比傳說中的還要強，他的手術快速而準確，心臟的七個裂口轉眼間已經縫合了三個。

那細膩的針腳，最可怕的是，這些針腳幾乎是等距離的，讓人覺得只有機器才能夠如此密集高效地做出這樣的縫合。

七個破裂口如果是在平時，李傑肯定能夠完美地在短時間完成手術，但是他來得太遲了。胸腔不是他打開的，在這方面浪費了時間。所以，他現在無論有多麼神奇的技巧，手術所用總體時間也不可能很短。

「全力輸血，增加輸血壓力！」李傑說道。

護士點頭示意明白，然後用手擠壓著輸血袋，全力輸血。現在患者血液流失的速度早已經超過了補充的速度。

李傑用手指堵住心臟的破裂口，使心臟暫時成為一個封閉的空間，然後對患者進行心臟的按壓。

心臟分為四個空間，每一個空間的收縮與舒張都有其特定的時間與幅度。李傑可以用手指做心臟按壓完美模擬心臟的跳躍，這需要對心臟跳躍的時間有準確的把握。

一般心臟按壓是在心跳停止以後的最後急救方法，可是這個患者停跳雖然微弱，但是還沒有到這個時候。

眾人雖看不懂李傑的手術，但卻無人敢問，現在緊張得空氣都要凝固了，沒有人會有這樣的閒心。

「麻醉師，給患者降低體溫！」李傑再次命令道。

李傑手術衣上滿是血液，如果不是穿著綠色的新式手術衣，恐怕已經貌似屠夫了。可能是李傑的樣子過於猙獰，麻醉師看都不看他一眼，立刻按照他的吩咐來做。

「器械護士，助手，準備止血鉗，阻斷所有連接心臟的血流！」

命令下達，卻沒有人執行，從來沒有人這麼做手術，阻斷了血液循環，患者在不到五分鐘的時間內就會死亡。

這是每一個醫護人員都應該知曉的常識，難道李傑想在短短的幾分鐘內完成手術？遲疑之時，他們看到李傑眼神中的堅定，那凌厲的眼神彷彿刀子一般，雖然戴著口罩與帽子，但是他們依然能感受到這雙眼睛的主人那不容置疑的權威。

李傑並不是托大，在他看來，這是挽救患者的唯一辦法了。雖然按照常規思路，短時間內絕對無法完全地縫合。但是如此一來，手術視野就會變得廣闊，無血的環境也會使縫合加快很多，所以他決定阻斷循環，使心臟暫時停跳。

在常規狀態下，腦細胞耐受缺氧的安全時間僅爲三至四分鐘，所以手術必須在這個時段內做好，否則，患者將會死亡。

而且，在缺氧過程中，如果腦細胞死亡過多，就算患者醒了，也會成爲植物人。因此，手術最好在二分鐘左右完成，但是這麼短的時間內肯定無法完成。李傑於是想到了另外一個方法——降低體溫。

當人體被低溫麻醉時，基礎代謝率可降至正常的百分之五十，代謝率可降至百分之十四，在這種情況下，可安全阻斷循環六至八分鐘，這就爲手術贏得了更多時間。

在這個過程中，李傑用心臟按壓法模擬健康心臟的跳動，就充分地爲各個臟器補充了養分，同時也爲麻醉師爭取到了時間來給患者降低體溫。

「體溫……」麻醉師的頭上已經滲出了汗珠，他不知道李傑到底要降到多少才是極限。過低的體溫會讓患者受到巨大的傷害，再這樣下去，恐怕沒有失血過多而死就已經凍死了。

「停止，保持二十三！」李傑說道，接著他繼續命令：「迅速阻斷循環！」助手從來沒有過如此瘋狂的手術經歷，他如機器人一般聽從著李傑的指揮，此刻，他只想手術趕快結束。

「停止輸血，清除胸腔內血液！」李傑一邊命令著，一邊開始進行心臟修補。

二十三度大約是這個患者的極限溫度，在這個溫度下，他的細胞不會受傷，同時身體的機能會降到最低。

李傑不僅能目測出女人的三圍，同時判斷患者的各種情況也是很準確的。什麼樣的患者，多大的年齡，所承受的溫度都是不一樣的。

小孩子耐受能力最強，最低可以承受二十度的低溫，眼前的患者四十歲，李傑根據他身體其他指標來判斷，然後給出了二十三這個數字。

停止跳動的心臟縫合起來更加容易，李傑的速度起碼提高了百分之二十。如果注意觀察，他的針腳比剛才略有不同，此刻針距更加密集一些，因爲剩下的傷口更大。

時間對有些人來說，消逝得快得驚人，就算是幾個小時也不過是一會兒的功夫。但是，對於有些人來說卻是一個難熬的過程。

不過是幾分鐘的時間，卻彷彿又過了一個世紀一般。手術室的醫生們都已經快要瘋了。強力的低溫麻醉，然後不經過體外循環就直接將患者心臟停止，這一切是他們想都沒有想過的手術方法。

如果手術失敗了，李傑將負全部的責任，所有的都是非常規的手術方法，任何人都會認定這是一場嚴重的醫療事故。

李傑卻續寫著他手術不敗的傳奇！

縫合完畢，打完最後一個節，剪斷線頭，這個破裂的心臟足足用了一捆手術縫合線。

「接通循環，準備縫合肝臟！」李傑命令道。

這次的命令沒有人再猶豫，因爲他的技術折服了在場的所有人。這是一個奇蹟般的手術，必死的患者此刻基本可以算是被救回了半條命。

肝臟破裂口太大了，所以李傑用牽拉的大網膜來填補缺口。

然而在修補肝臟的時候，李傑卻感覺到患者有些不穩定。他的神經似乎受損，但是患者身體上並沒有多餘的傷口。

那麼，答案只有一個，患者的傷肯定在頭部，而且頭部的那個傷口肯定未被發現。

患者的頭部都被紗布包裹著，以保證細菌不會感染傷口。

當李傑掀開紗布的時候，他發現了傷口，而且還發現，這個人竟然是一個熟人，原來是鑫龍集團的董事長，現在立方藥業的總裁楊帆。

手術室外，那紅燈成了患者的生命指示燈。當它熄滅的一瞬間，患者的命運也就決定了。在這個危急萬分的手術中，手術室外，卻只有兩個不相關的人在等候。

其中一個是個長髮飄飄、身材窈窕的女人，她所關心的不是患者，而是主刀醫生李傑。她就是阻止李傑手術的石清，她此刻在擔心，害怕李傑手臂疾病復發。

另一個石清卻不認識，其實他們兩個人見過面，雖然看起來面熟，但她卻想不起來到底在什麼地方見過。

這個人那棱角分明的臉上，透露著堅毅與冷酷。他劍眉倒豎，犀利的目光無時無刻的不在關注著手術的情況。

這個人不是別人，正是韓超，他們軍隊因爲第一批進入災區，又執行了幾個重大的任務，爲災區的救援立下了汗馬功勞。

但無奈的是，他們最後還是撤出來了，他們雖然號稱鋼鐵營隊，但畢竟是肉體凡胎，長時間地高強度執行任務，讓很多士兵病倒了。

這個營到了最後也是有心無力，最後被上級調回。同時，部隊也要將韓超作爲救災的典型來宣傳一番。

韓超剛回來，他甚至還沒有來得及把消息告訴家人。回來的第一件事，就是去探望了陳書記，這位人民的好書記，同時，他也是去看看艾雅，這個他日思夜想的女人。

不過，兩個人卻鬧了一些矛盾，他氣憤地離開了醫院。誰知道離開醫院後，竟然遇到十幾個囂張的社會地痞在鬧事。

當時他因爲跟艾雅鬧了矛盾，心情不好，衝動了一些。想都不想自己是否能夠對付這麼多手持器械的歹徒，拎了塊磚就衝了上去。

就這樣，韓超一個人打倒了六個歹徒，跑了幾個！可是，歹徒將那個不幸的人砍倒在了血泊中。

手術室紅燈熄滅了，兩個人不約而同地站了起來，等待最後的結果，其實，兩個人有相同的想法，那就是對方是患者的家屬。可誰又能想到，兩個人都不是對方的家屬。

世界就是這麼巧合，當李傑走出手術室的時候，在門口竟然又看到了韓超，這個有些驕傲的軍官。

「啊！李傑？怎麼是你？患者怎麼樣了？」韓超著實驚訝了一陣，然後又關切地問道。

「肯定沒事，我的手術不會失敗！」李傑驕傲地說道。在災區的時候，韓超總是用一副驕傲的樣子對李傑。現在，李傑也表現出驕傲的樣子來報復這個傢伙。隨後，李傑又問道：「你怎麼在這裏。救災工作結束了？」

不等韓超回答，石清卻衝上來拉著李傑的右手關心地說道：「手臂沒有問題麼？你實在太不愛惜自己了。如果你出現了什麼問題，以後怎麼辦？」

「你不是患者家屬？」韓超看著淚水在眼眶中打轉的石清驚訝道。

「這是我的……未婚妻石清！」李傑介紹道，接著又對石清說道：「這是韓超營長！」

「別聽他胡說，我們還不是！」石清趕忙解釋道。

韓超當然明白，兩個人是情侶關係，不過女方似乎害羞一點。看到兩個人的幸福甜蜜，再想起自己，他不由得感到一陣悲哀。

「手術非常成功，不過，這個患者確實大有問題！韓超，你怎麼在這裏。你不會跟他有什麼關係吧！」李傑疑問道。

「我不過是路過救了他！他被十幾個人追殺，傷得很重。如果不是你來了，恐怕也救不回來。」韓超感歎道。

「他傷得確實很重，但是真正救他的是你！十幾個人追殺，你是怎麼救的？實在是勇敢啊！」李傑疑問道，他倒不是不相信韓超打架的功夫，只不過，對著十幾個持械歹徒還敢上的，那可絕對不是一般人。

「就是一衝動就上去了，還好救下了人，自己也沒有搭進去！」韓超有些不好意思。他這個人心裏藏不住事，雖然他這麼說，但李傑也知道，他故意把衝動的原因隱瞞了。

現在不用想都知道，肯定是魯奇派手下來殺楊威。李傑想不明白，魯奇已經大獲全勝了，爲什麼還要殺掉他。現在楊威對魯奇沒有任何威脅了，殺掉他根本一點好處也沒有。

如果要殺掉他，爲什麼又不早點殺？爲什麼要等到今天？這一切都沒有答案，唯一知道答案的就是魯奇那個貌似忠良、濃眉大眼，卻又心狠手辣、殺人不眨眼的胖子。

「韓營長，你見到艾雅了吧！她好像一直在找你啊！」李傑笑道。

「怎麼會？我們剛剛吵過架！」韓超剛說完，就知道自己被李傑騙了，這個傢伙一直在手術，怎麼會知道艾雅在找他。而且他跟艾雅剛吵過，以艾雅的性格，不可能主動來找他。

「別生氣，你是不是跟她吵架了，所以心情不好，半路才衝動與十幾名歹徒搏鬥？」李傑猜測道。

「你怎麼知道的？其實，那十幾個歹徒還是有辦法制服的，當時太衝動，頭腦是昏的，我只需要……」韓超一邊說一邊比劃著。李傑卻根本沒有聽他說什麼，那些制服歹徒的方法他才不感興趣。

韓超是被感情弄昏了頭腦，其實李傑猜測得很準確，這個傢伙在這城市最親近的朋友就應該是艾雅，現在兩個人在同一個醫院，卻沒有在一起，肯定出了問題。

再聯繫到這個穩重成熟的人突然變得暴躁，變得衝動，就知道很有問題。以韓超這樣的人，在一般的難題上都不會出什麼事，唯一可能的就是在感情這方面出問題了。英明一世卻糊塗一時，每個人都有弱點，韓超的弱點就在感情這裏。

幫助別人就是幫助自己！李傑對自己說道，他想幫一下這個營長。

「韓超營長，我要去檢查一下手臂，如果你沒有事就跟我來吧！等一會兒我檢查完了，有些事跟你說！」

「嗯，好的，我現在也沒有什麼事！」

李傑將韓超安排在他的病房中等候，然後就走了出去，石清卻一直跟在他的後面，寸步不離。

「你跟著我幹什麼？我又不會丟。」

「我是看著你，讓你去檢查一下胳膊，我就知道你不想去檢查！」

李傑只能不好意思地笑笑，石清猜得很對，他還真的沒有想去檢查。

「等一下，我就說幾句話，然後就去查，現在鎮痛的時間還沒過。現在我要去做一件好事，來幫幫我們這個見義勇爲的大英雄去！」

艾雅見到李傑後，那種冰冷瞬間融化了，倒不是因爲高看李傑一眼，而是因爲李傑說的一番話。

「艾雅，我剛剛從手術室那邊過來，韓超獨自面對十幾個歹徒，你怎麼還在這裏亂晃？」李傑著急地說道。

艾雅聽到李傑的話後，立刻慌了神，聲音中已經帶著哭腔。她對李傑說道：「他現在怎麼樣？」

石清當然知道李傑是有意在刺激她，她實在不忍心看下去，於是說道：「他很好。你不用擔心！」

「沒事，才十幾個歹徒而已，韓營長獨自打倒了六個！他實在太衝動了，可能是心情不好吧！」李傑歎氣道。

艾雅此刻是深深的自責，雖然石清跟李傑說韓超沒事，但在她聽來，這全都是安慰她的話。剛才的手術在醫院已經傳開了，說有一個心臟刺穿傷幾乎沒救了的患者被送來。

淚水如珍珠一般一粒粒地滑過她那晶瑩剔透的皮膚，順著俏麗的臉頰流下來。

石清還想說什麼，卻被李傑搶先說道：「別擔心，韓超是想聽你說幾句話，他的時間不多了！」這幾句話說得淒涼無比，頗有一種英雄末路、霸王別姬的味道。石清此刻才明白李傑的意思，這個壞壞的有些無賴的李傑原來也有做好人的時候。

艾雅跟在李傑的後面，慢慢走到病房，此刻，她心中盡是從前與韓超的點點滴滴，那些日子雖然不長，雖然都是一些很平凡的小事，但都是令人很快樂的事。

她很後悔，不應該跟韓超吵架，不應該那麼自傲。如果不是自己那麼自傲，那麼倔強，又怎麼會使韓超變成這樣。

石清拉了拉李傑，可是李傑卻一點反應也沒有，他正看熱鬧看得高興。此刻的場面，有點偶像劇的意思，別的不說，兩個人是帥哥與美女。石清可沒心思看，狠狠掐了李傑一下，然後硬是把李傑拉走了。

艾雅哭著推開病房的門，看著被包成木乃伊一般的韓超，一下子撲過去。

「韓超，對不起，都是我的錯，你不要死！我答應你，我不做醫生了，以後永遠陪伴在你身邊！只要你能復原，我什麼都答應你！」

韓超被哭得梨花帶雨的艾雅嚇了一跳，待他反應過來，這個他的夢中情人竟然一下去撲到另一個患者的床上。如果不是喊著他的名字，他還真不知道怎麼回事。

悲痛欲絕的艾雅就這麼哭著，突然聽到背後有人說：「你真的什麼都答應麼？」

她抹了一把眼淚，回頭一看，確實是韓超，再回過頭看看那個被包得嚴嚴實實的患者，才發現這人體型瘦弱，一點都不像韓超般健壯。

「我要你嫁給我，好麼？」韓超柔情道。

艾雅知道自己被李傑騙了，但這已經不重要了，她得到了自己想要的東西。

此刻的她，恰似一朵雨後的百合花無限嬌羞。

醫院的另一邊，李傑無聊地看著電視，嘴裏不停地說道：「都是你不讓我去看，也不知道這兩個人怎麼樣了！」

「哼，你去看什麼，乖乖等你的結果，手臂的檢查結果一會兒就出來了！」

李傑對此一點也不在乎，手臂麻醉期已經過去了，但是沒有絲毫的疼痛與發脹的感覺。

在手術台面前，他別無選擇。如果他不手術，患者必死，就算是他的手肯定會加重病情，他也會毫不猶豫地注射嗎啡，穿上手術衣！

現在楊威已經脫離了危險，韓超也找到愛情，他李傑也沒事，可算是皆大歡喜。只是他的小青石有些惱怒，不過不要緊，石清不過是怪他不愛惜身體。

李傑不想面對著惱怒的石清，於是找個去方便的理由跑出去了。其實李傑真是要上廁所，所以這個理由也不算騙人。

本來很好的心情就此結束了，因爲李傑發現了一件很可怕的事情。他的尿中竟然有紅色，也就是他有血尿。

此刻，天性樂觀的他再也笑不出來了。這下壞了，手臂似乎不再是吃藥能解決的問題了，李傑的心情降入冰點。

安德魯穿著特製加寬的白大褂，在亂糟糟的實驗室裏做臨床檢驗研究，這是一份很枯燥的工作，可安德魯卻樂此不疲。

這個看起來十分粗魯的胖子，很難跟那些精密的儀器聯繫在一起，可他在研究方面確實很有耐性而且很細心。他那香腸一般粗的手指在實驗台上變得極其靈活，做起實驗來非常精準也非常快速。

「真是麻煩！」安德魯暗罵了一句。這裏的儀器太落後，就算做個血液分析檢驗也需要用很多原始的方法。

即使中華醫科研修院的實驗室算得上國內頂尖，但是國內對研究的投入一向不多，所以跟安德魯的私人研究室比起來，還是有一定的差距的。

條件艱苦時有艱苦的辦法，他雖耐性不錯，卻是個懶人，能少幹一步絕不會多做一分。所以他是儘量地動腦，想辦法來簡化實驗過程，以保證最少的步驟完成實驗！他就是典型的勤於動腦，懶於動手的人物。

「完成了，等待結果分析就可以了！」安德魯做完最後一步，自言自語道。

他的體重給雙腿造成了很大的負擔，在實驗室連續站了幾個小時的他，已經雙腿發軟，此刻，終於完成實驗了，他可以休息一下了。

找個椅子坐下，休息休息有些痠軟的雙腿，打開雪茄盒子，隨意抽出來一支點上，安德魯感覺愜意極了。他喜歡古巴的雪茄，更喜歡在工作完成後，在實驗成功的時候吸雪茄。

安德魯坐了一會兒，卻又總是覺得不能安心。於是又站起來，實驗的結果要等幾個小時，這段時間實在是難熬，他決定去醫院看一下。

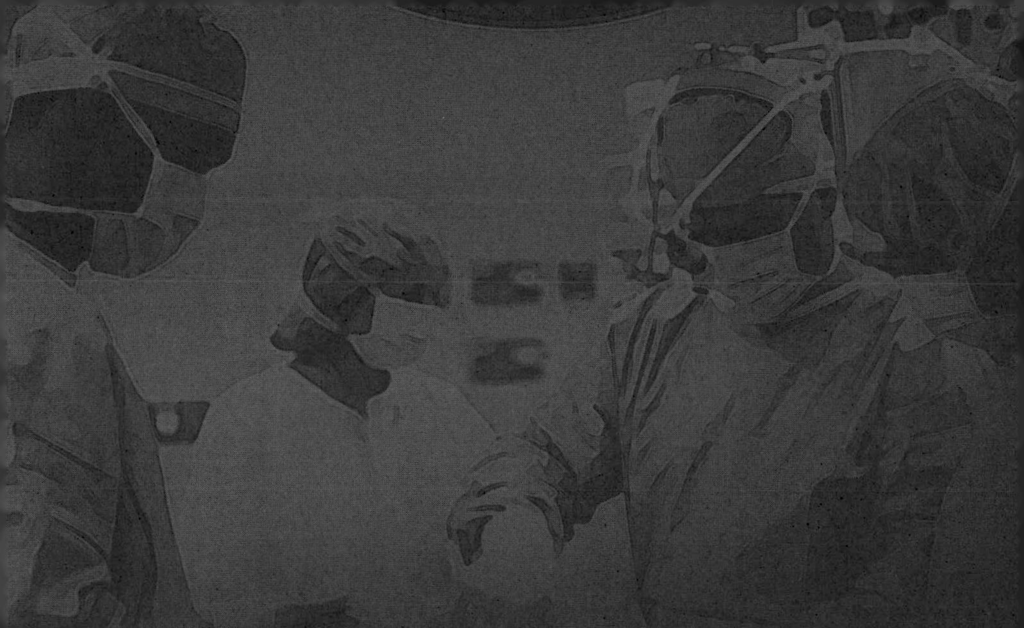

第七劑

醫不自醫

「很奇怪，病菌感染得並沒有那麼快速，但是卻出人意料地讓病情加重！
恐怕主要原因還是因為你過於衝動的手術！」
羅剛一邊說著一邊偷偷地看著李傑的表情，
看著他似乎沒有後悔的樣子，於是又繼續說道：
「長時間的手術，造成肌肉負擔過重，消耗了大量的能量。
血管的栓塞後來又造成養分供應不足，結果造成肌肉壞死。」
李傑點了點頭，他已經猜測到了結果。
如果現在讓他重新選擇一次，他恐怕還是會毫不猶豫地衝進手術室。
所以他不後悔，甚至覺得自己還很幸運，
起碼人救活了，自己受傷也不是白費的。
如果不去救人，恐怕他會後悔一輩子，愧疚一輩子。

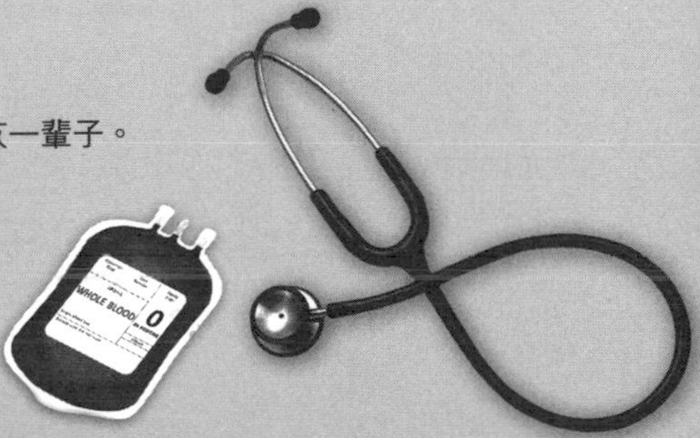

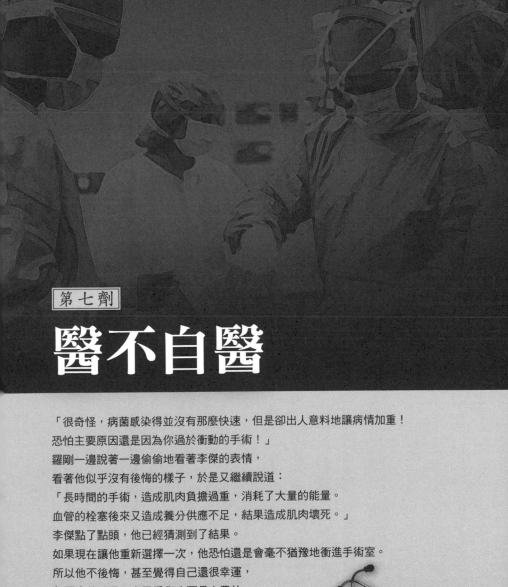

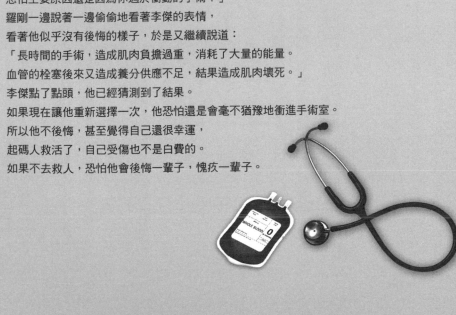

李傑這次成了患者，所謂的「醫不自醫，諱疾忌醫」都發生在他的身上。他此刻病懨懨地躺在第一附屬醫院的病房裏。

他做夢也沒有想到，胳膊竟然已經惡化到了這種程度，剛做的尿液檢查顯示尿中含有蛋白、紅血球以及管型……

種種指標顯示他的腎臟情況非常不好，其實，不用查李傑也知道。當他見到血尿的時候，就知道自己病嚴重了，肉眼可見的血尿是肌肉壞死的一個重要症狀。

第一附屬醫院的外科冠於全國，然而其內科也不弱，只不過是因爲外科的光芒過於強烈，將內科掩蓋罷了。

內科主任醫師、主任羅剛便是其中的佼佼者。他獨有的幾套中西醫結合療法聞名全國，李傑的疾病便是由他全權負責，同時還有王永這個外科第一刀也參與負責。

羅剛主任此刻一臉的愁容，他手裏拿著幾張化驗單看了一遍又一遍，歎氣道：「恐怕他的手臂保不住了！就算能手術成功，他也基本上要告別手術台。」

王永一把搶過化驗單，不相信地翻著。很快，他就發現羅剛主任所說的全是真實的。現在的情況很危險，醫療界的希望之星恐怕要就此隕落。

「只能這樣子了！」王永歎氣道。

兩人都不希望李傑的胳膊就此毀掉，但是沒有辦法。眼前情況非常不利，唯一的方法就是手術切除壞死的肌肉！

第一附屬醫院的病房裏，作爲大家都關心的人，李傑此刻似乎一點也不在乎。他現在還在有說有笑的，就連一直爲他擔心而哭泣很多次的石清，此刻也相信了李傑自己所說的：一切都沒有關係，病會好起來的。

王永與羅剛兩人進來的時候。李傑就注意到了，也猜測到了，恐怕他的情況很危險，但是他依然保持著那一貫的微笑。

「石清，幫我買點蘋果來吃，好麼？」

「剛才問你，你還說不要，等著啊！」石清嘟囔著，待她轉過頭去，才發現穿著白大褂的王永與羅剛。

她沒有多想什麼，只是有些不好意思地對著兩位主任醫師點了點頭，然後打了聲招呼，就離開了。

「兩位坐吧！石清現在不在，你們有什麼就說什麼吧！不用顧及我的感受。」李傑還是微笑著說道，表現得似乎一點也不知道自己的情況嚴重一般。

王永覺得李傑很幸福，有一個那麼喜歡他的女朋友。同時，覺得石清也很幸福，有一個這麼好的李傑，能處處為她著想。

「上臂的肌肉不同程度受損，側短伸肌肉最為嚴重，必須立刻治療了！」王永主任歎氣道。

李傑沒有說話，呆坐在那裏靜靜地聽著，在心裏盤算著各種治療方法。

「很奇怪，病菌感染得並沒有那麼快速，但是卻出人意料地讓病情加重！恐怕主要原因還是因為你過於衝動的手術！」羅剛一邊說著一邊偷偷地看著李傑的表情，看著他似乎沒有後悔的樣子，於是又繼續說道：「長時間的手術，造成肌肉負擔過重，消耗了大量的能量。血管的栓塞後來又造成養分供應不足，結果造成肌肉壞死。」

李傑點了點頭，他已經猜測到了結果。如果現在讓他重新選擇一次，他恐怕還是會毫不猶豫地衝進手術室。

所以他不後悔，甚至覺得自己還很幸運，起碼人救活了，自己受傷也不是白費的。如果不去救人，恐怕他會後悔一輩子，愧疚一輩子。

「治療方案是什麼？」李傑笑著問道。

王永不知道李傑到底在想什麼，這是道家所謂的豁達還是佛家的通透，或許是俗家的沒心沒肺。李傑竟然對自己的病情一點不擔心，難道他不知道自己的情況麼？

其實他猜測得都不對。在李傑心裏，他覺得，事情已經到了這個地步，難道傷心難過就可以挽回麼？此刻，勇敢地面對才是唯一的途徑。

「我們已經討論過了，一致認爲你的手術是必須的！壞死的組織必須切除，以防止肌肉進一步地壞死。」

王永正說著的時候，李傑突然打斷道：「不行！不能做這個手術！」

「李傑你要知道。如果不做這個手術，你壞死的肌肉會產生大量的有毒物質，你的腎臟會不堪負重，你的尿液中已經出現了肉眼可見的紅血球，難道你還不知道其中的危險性麼？」羅剛激動地說道。

「我知道！」李傑淡淡地說道。

「既然知道，爲什麼要拒絕手術！」

「一個人如果沒有了靈魂，那就是行屍走肉，沒有了手術刀，離開了手術台，我的靈魂也就喪失了。我不能失去這條手臂！」

「那你連命都不要了？」王永驚訝道，他沒有想到李傑竟然會如此地回答他。

李傑淡淡一笑，抬起右臂看了看，繼續說道：「當然不是，我要保住右手，同時也要治好病！手術還是要做。但不是這個肌肉切除術，我要做右臂的血管搭橋術。」

看著兩位主治醫師的表情，他繼續說道：「病情不是想像的那麼嚴重，我自己的身體自己最瞭解。我的胳膊依然完好，不信你們自己看看！」

李傑說著又多做了幾個動作，他的手的確看不出來有大毛病，但是卻很詭異地，檢測資料顯示肌肉壞死，而且造成了血尿。

「搭橋手術風險太高了，幾乎沒有辦法讓你痊癒。壞死的肌肉必須清除，自身的分解作用根本沒用！」王永勸解道。

「王永主任說得沒錯，你現在是患者。不是醫生！對於自己的病情很難有正確的、客觀的判斷，你要考慮清楚了！」羅剛說道。

「啊！小青石你回來了，真是快啊！」李傑沒有回答兩個人的話，而是對著他們後面笑著招手道。

石清其實已經聽到了他們的爭論，現在又看到李傑為了不讓她擔心，裝出這沒事的樣子，這使她更加難過。

「羅剛主任，那就拜託你給我一些藥減輕我的症狀，儘量延緩惡化吧。另外我還需要靜脈點滴……」他最後強調，「就按照我剛剛說的準備吧！」

羅剛點了點頭，並沒有說話，他心裏盤算著李傑應該用什麼藥物。無論從醫患、朋友、師徒以及同事等任何一個角度來看，羅剛都不願意李傑就此病倒。

王永也是一種心態，現在他可不再計較什麼第一附屬醫院第一刀的位置，更沒有什麼幸災樂禍的心態。

不等李傑吩咐，他就直接說道：「一會兒我給你的手臂做個減壓力處理手術，安排高壓氧艙的治療！」

「麻煩你們兩位了！」李傑恭敬道，接著又對石清說道：「幫我送送兩位老師！」

石清出乎意料堅強，沒有哭泣，也沒有揭破李傑對她善意的欺騙。

此刻她很害怕，李傑是全能的醫生，迄今爲止也沒有失敗過一次手術。在手術台上，他可以應付任何危險的病症，解決所有的難題，但是此刻，他對自己卻無能爲力。他的右手病了，就算他再厲害，也不可能自己給自己做手術啊！

羅剛給李傑準備了大量的活血化瘀、通關開竅、補氣養腎的中藥，其中不乏琥珀、玄參等名貴藥材。另外，他還安排了高壓氧艙、減壓力處理手術以及大量的抗生素的使用。

石清端著瓷碗，裏面裝著濃濃的湯藥。她櫻唇輕啓，將勺子裏的湯藥吹涼，然後對李傑說道：「來，良藥苦口，快點喝了吧！」

「太苦了，先給我來點甜的吧！」李傑苦著臉道。

「吃糖麼？還是蜂蜜？」

「你親我一下吧！肯定能甜死我，哈哈！」李傑有些無賴地笑道。

他本來不過是貧嘴的一個玩笑而已，誰知道石清竟然真的在他的臉上輕輕地吻了一下。吻或許真是甜蜜的，李傑直接拿著碗將所有的湯藥一口氣喝乾了，簡直比喝白酒還痛快，恐怕也比喝白酒要痛苦。

他喝了這些以後，整個人臉色都變了，那股子強烈的苦味差點讓李傑吐出來。所謂良藥苦口，如果以苦的程度來計算，那麼這些藥物應該是最優良的。

「嘿嘿，真是勇敢啊！」安德魯不知道什麼時候出現在病房。他這一句話讓李傑嚇了一跳。

李傑實在想不明白，這麼大的身軀，是怎麼無聲無息地進來的！難道他肥肉太多，跟貓一樣，腳下長了肉墊？

石清則是另一種想法。安德魯的一句勇敢，恐怕不是說李傑喝藥很勇敢，她覺得更多的是在說她親吻李傑的勇敢。

「你真是神出鬼沒，怎麼又跑這裏來了！我的血液呢？你不是拿去做巫術了吧？將我的血液奉獻給地獄的魔王，還是奉獻給了天堂的神仙們？」李傑開玩笑道。

「其實是讓我給喝了，你知道，我其實是一個吸血鬼。」安德魯露出一口整齊潔白的牙齒笑道。

兩人先是說笑了一番，很快話題又轉到李傑的病情上來，安德魯依然是用那種粗魯的，有些變態的診斷手法在李傑的胳膊上折騰了一番，然後說道：「跟我想像的差不多。並不是很嚴重！你的決定是對的，那種肌肉切除手術完全沒有必要，不過我覺得，似乎搭橋也沒有必要！」

李傑聽了安德魯的話，差點沒緊張死。他擔心的是石清，其實石清已經知道了李傑傷勢嚴重需要手術，只是李傑還不知道而已。

此刻，他偷偷地瞟了一眼石清，發現她並沒有什麼異樣，只是在靜靜地聽著安德魯的分析，這才放下心來。

「可是壞死肌肉依然不少，病菌感染使肌肉壞死，現在的治療卻只能簡單抑制病情，不能力挽狂瀾。標本兼治！我要的是讓手臂恢復到最初的樣子！」李傑坦然說道。

「想要標本兼治，恢復得完好如初，那我們就要將你這個病分析一下！」

「被污染的手術刀割破了手臂，導致感染，病毒侵入引起免疫反應，誘發血液纖維蛋白原增高與高凝集狀態。血栓發生。最後就是手術過於勞累，造成了肌肉壞死！」

「你還覺得你這個病情是病毒感染所致麼？」安德魯疑問道。

一句話驚醒夢中人，李傑也不是笨人。他不由得想到，自己的傷真的是感染所致麼？那把手術刀雖然切到了胳膊，但真的有這麼大的威力麼？

從病發開始，李傑就一直太在意胳膊上的這個傷口。從給陳書記的手術開始，他就對這個小小的傷口過於在意了，那次就有發麻的感覺，可是那時間也太短了一點，血栓似乎不可能在那麼短的時間內發生。

「不是這個傷口感染的原因。那會是什麼呢？實驗室的檢驗已經證明了！」石清疑問道。

「正是因爲這點，可是你有沒有想過，爲什麼經過嚴密的包紮與消毒的傷口會感染？」安德魯說完，看了兩人一眼，不等他回答就繼續說道：「那是因爲免疫細胞減少，血液供應不足，造成吞噬細胞減少，Ｂ細胞Ｔ細胞同時也減少。而且病毒引起的血栓，一般都是多次的感染後才會有，他只不過是一次而已！」

「那麼你的意思是說，李傑應該是先有血栓，後有感染了？免疫力下降，然後誘發了感染，而不是感染造成了血栓？」石清驚訝道。

「真是聰明，說得沒錯！」安德魯微笑著贊道，然後又轉身對李傑說道：「你的血尿也不一定是腎臟衰竭，或許是其他的原因，現在你的疾病需要一個重新的認識！」

安德魯的精彩推斷讓石清佩服至極，她拉著安德魯的胳膊，輕輕地搖晃著，哀求道：「你一定要幫幫李傑，他不能沒有右手啊！」

「安德魯大哥，你分析得很有道理，我的血液你檢測出來結果了？」

「還沒有，這裏的設備太差，分析還需要一段時間！如果在國外我的設備上，現在應該有一個定論了！」

「原來你是猜測的啊！病毒感染程度並不能有一個標準的定論，所以一切還是要等你的結果出來才好。可不能把我當試驗品啊！」李傑沒好氣說道。

安德魯看著生氣的李傑，不好意思地說道：「不會把你當試驗品，現在我等不及想知道結果了，讓我給你做個腎活體檢查吧！看一看就知道你腎是不是急性衰竭了！」

李傑「憤怒」地將這個瘋胖子趕走了。穿刺做活檢李傑可不願意，就算他忍著痛做了，這個胖子恐怕還會有稀奇古怪的檢查等著他。

安德魯對於醫學的研究更多的是因為興趣，他這個人其實是比較懶散的，只做自己感興趣的事。

他生平只對兩件事兒感興趣，一個就是吃，所以他長得這麼胖。另外就是研究醫學，所以他也成爲了最有名的醫生之一。

其實，他最大的興趣是享受美食。沒有能成爲最大的胖子，卻成爲了最有名的醫生，這是他生平一大「遺憾」。

李傑送走了安德魯，又躺回到床上，其實他的病還不至於需要過多躺著。他躺在床上，不過是賴著讓石清照顧他一下。但是美好的願望似乎總不能實現，安德魯來攪局過後，石清已經將注意放到了李傑的病情上。

「安德魯說得很有道理，做個檢查吧！」石清勸慰道。她那期盼的眼神看得李傑一陣心軟，差一點就投降了。

李傑心裏其實已經傾向了安德魯的說法，可就算找到了病因又能怎麼樣？李傑想要的是手臂的完全恢復。

想恢復的最好方法就是上手術台，唯一的方法還是搭橋手術。取一條無關緊要的血管來替換阻塞的血管！只有這樣，手臂才能真正恢復正常！

「別擔心，就算他說對了，我現在吃的藥也是管用的，羅剛主任的中藥就是最好的藥，無論怎麼樣都是疏通血栓爲根本，所以現在吃藥就是治本！」

石清覺得李傑說得也對，於是也不再說什麼。李傑現在腦子裏空空的，他現在想不到誰能來幫他手術，國內似乎沒有這樣的專家。

他需要一個頂尖的專家來做搭橋手術，但是也要將一些壞死程度大的肌肉切除。李傑不想多破壞哪怕一丁點的肌肉，但是在這個地方，又哪裏有這樣的專家？

傍晚是夏日唯一令人愉快的時刻，這時候到處都可以看到納涼的人們。一陣微風吹來，夕陽的餘暉映著泛起陣陣漣漪的水面。

第一附屬醫院的大樓下，很多患者或者坐著輪椅，或在親屬、護士的攙扶下趁著太陽不猛烈的時候來乘涼，活動一下身體。

大樓下站著一個穿短裙的女孩，她穿著鵝黃的上衣，花格裙子，足蹬一雙小布鞋，一個人在醫院的樓下轉了好長的時間。

這個女孩就是于若然，她本想去探望李傑，可是她又知道，李傑正跟石清在一起。

她不是張璇那一類的女孩。她會把秘密壓在心底，時機不到，永遠也不會表露出來。她就在這裏猶豫了半天，卻不知道應該怎麼辦才好。

鼓起勇氣，她慢慢地走到住院部大樓的門口，勇氣卻又消散了。她轉身離開，走到醫院大門口卻又覺得不甘心。就這樣，她在這裏走了不知道多少個來來回回。

可能是走迷糊了的原因，她覺得自己撞上了一堵牆，很結實的一堵牆。她身體失去重心，摔倒在地，她能感覺到自己的腿似乎被擦破了，雖然不覺得痛卻流血了。

「對不起，我沒有看到你！真的對不起，我剛剛一直在想問題！」這堵「牆」說話了。

于若然此刻卻不知道怎麼的，突然哭了起來，本來她就覺得自己很委屈，覺得自己很懦弱。這次的意外成了導火線，此刻，她壓抑的感情爆發了。

這個世界上碩大的胖子有很多，但此時此刻，中華醫科研修院第一附屬醫院的大胖子卻只有安德魯一個。

他已經慌了神，眼前這個漂亮的小姑娘竟然被自己撞倒了，而且還哭了。如果是世界級的基因學難題，他可以想辦法解決，可是眼前的情況他卻不知道該怎麼辦才好。

剛才他從李傑的病房裏出來後，就一直在想著他那精彩的推斷，他心中已經有了幾個不同的推測結論，只要回到實驗室，再做幾步實驗就可以明確結果。

他很得意自己的表現，甚至有點佩服自己的疾病診斷與推理能力，然而正高興間，卻突然感覺撞到了人，低頭一看，竟然是一個漂亮的小姑娘，她的腿被擦破了皮，哭得正厲害。

「對不起，請別哭了，這裏就是醫院，我帶你包紮一下吧！」安德魯儘量地擺出他最英傻的笑容說道。

但是這個笑容似乎起了反作用，似乎他的相貌嚇到了于若然，她哭得更厲害了，這弄得安德魯手足無措。周圍的人很多，已經有不少人注意到他們兩個了。

他只能繼續安慰道：「別害怕，這麼點小傷不會留下疤痕的，這個醫院最厲害的醫生——李傑神醫你知道麼？我帶你去找他，讓他給你看病，保證你不會留下疤痕！」

于若然聽到李傑這個名字，立刻從悲傷中解脫出來。她抬頭看了一眼安德魯，發現這個胖子原來是她認識的。

安德魯此刻也發現這個漂亮的女孩原來他認識，於是開口說道：「原來你是李傑的助手，這就好辦了，嚇死我了！你是來這裏探望他麼？」

于若然點了點頭，又搖了搖頭，想了一會兒，眼淚又開始在眼圈裏打轉，幾乎要掉了下來。

安德魯看得差點暈倒，於是說道：「先處理一下傷口，你別擔心，不會有疤痕的！另外，李傑你也不用擔心，我已經找到了他患病的原因，一會兒我就制定一套方法，這樣可以治好他！」

「真的麼？那您現在快去吧，我的腿不要緊的，沒關係！」于若然突然恢復了正常，高興地說道。

「真的沒事麼?那爲什麼剛才你哭得那麼慘!」安德魯不解道。

「沒關係了。你要幫忙麼?我跟你一起去吧,安德魯教授。」

安德魯不忍心拒絕這個眨著美麗大眼睛的天真女孩,於是點了點頭,便帶著她離開了。同時,他心中不住地暗罵李傑,這個給他增加了個大包袱的混蛋。

此刻,病房裏的李傑打了一個大大的噴嚏,他揉了揉鼻子,不禁罵道:「誰又罵我了?真是可惡。」

石清這一天是又累又睏,已經趴在病床上睡著了。李傑本來是先睡著的,結果醒來看著自己心愛的小青石就這麼趴在自己身上睡著了,內心不由得泛起一陣憐愛,於是低頭在她面頰輕輕地吻了一下。

雖然是輕輕的一個吻,石清卻還是醒了,她清楚地感覺到了這個吻,感覺到了李傑的手在輕輕地撫摸她,可是她卻沒有躲避,而是閉著眼睛繼續裝熟睡。

「小青石,起來了!要天黑了,準備回家吧!」李傑輕輕撫摸著她那一頭瀑布般的長髮說道。

「嗯？我走了，誰來照顧你呢？」

「當然是我自己，你太小題大作了，我能走能動的怕什麼？等有一天我真的不能動了，你再來吧！到時候，無論什麼事都讓你來做，可別反悔！」

「哼，你才不會有那麼一天，好了，我走了！」石清站起來，收拾了一下東西，然後又幫李傑把一切打點完畢後才離開。

李傑按照石清的吩咐，倒在床上睡覺，一直等她離開好一會兒，李傑才坐起來，然後吩咐護士把王永主任叫了過來。

王永這個時候剛剛加班完畢，肚子餓得咕咕直叫，此刻正準備去小飯店吃口飯，然後回家學習、睡覺。

有時候，王永都覺得自己的生活太無聊了，除了工作就是吃飯，每天免費加班到天黑，回家以後還要看專業書籍。

醫生一天不學習，就有可能退步。他每天都是在這種巨大的壓力下生活，有時候他覺得都要瘋了。

如果不是李傑這個熟人找他，他肯定會把這個患者推脫給下面的小醫生。畢竟他也是普通人，誰都有自私的時候。

王永無奈地搖了搖頭，脫掉一半的白大褂又穿上了。李傑的病房離他的辦公室不遠，沒有幾步路就走到了。

「怎麼突然找我？哎？石清怎麼不見了？」王永見到李傑後說道。

李傑坐在床上，後背依著床頭，面無表情地說道：「她回去了，我想跟你商量一下手術，明天有空麼？如果明天有空，明天來做這個搭橋吧！」

王永剛剛坐下，聽了李傑的話，又立刻彈了起來，緊張地說道：「你沒事吧？是不是腦袋壞掉了！這又是哪齣戲啊？」

「沒有，多一天，危險就多一分！胳膊每一天都在惡化，如果拖的時間太長，我怕到了手術那一天，整個胳膊的肌肉都會壞死！」李傑感歎道。他想了好一會兒，眼下的確找不到一個好醫生來爲他做手術，王永卻是唯一的選擇。

雖然他是心胸外科的醫生，但是他在外傷這方面的研究也是很厲害的，在李傑心目中，手術的最佳人選就是他了。

只是可惜保羅那些人已經走了，「生命之星」留下來的就只有安德魯了。

王永聽後默默不語，李傑說得很有道理，現在他的病情唯一能肯定的就是這點了：肌肉的壞死部分在增加，每多挨一天，他離手術台的距離就遠一分。

「好的，就明天手術，明天下午！你好好休息一下！」

漫漫長夜中，李傑失眠了，病房裏只有他一個人，其他的床位都是空蕩蕩的。他滿腦子都是手術。

手術室他進去過無數次了，那都是作爲主刀醫生去的，以患者的身分卻是從來沒有過。他別無選擇，想完好無損地保住手臂，就必須做這個手術。

他無法確定自己的選擇是對是錯，或許這只有老天知道！

躺在床上，李傑不知道應該做點什麼，睡覺已經成爲了一種奢侈，他怎麼也睡不著。閑極無聊，他出去找了一把手術刀和幾張廢舊的報紙。

他將報紙折疊起來，然後用手術刀在報紙上輕輕地劃過。三層！李傑心中暗道，當他打開報紙檢查的時候，恰恰是三層！

雖然病了，但是右手依然保持著出色的手感，不知道這樣的技術能保持多久，又一刀劃過。二！李傑心中又一次默念。手起刀落，然而報紙卻破掉了。

能享受特別手術待遇的醫生不多，李傑算是其中之一，不過，他寧可不要這樣的待遇，躺在手術台上的感覺的確不怎麼好。

「我要施行麻醉了，準備好了麼？」麻醉師對李傑說道。

李傑點了點頭，示意可以，這個手術施行的是局部麻醉，李傑甚至可以看著王永給自己做手術。

在手術室的隔壁，王永正在做最後的消毒工作。昨天夜裏，他休息得不好，爲了這個手術，他準備了半個晚上，他的計畫是從腿部截取一段血管，移植到右手做一個搭橋。

搭橋手術不是很難，手臂的動脈血管不同於心臟，沒有那麼高的壓力，操作要求也不是那麼精細。

最困難的應該是壞死肌肉的切除，難就難在如何把握度上。不能多切除一絲一毫，也不能留下隱患。如果他用力過度，或許李傑就再也無法上手術台了。

手臂的感覺已經消失了，李傑似乎已經喪失了手臂的控制權。本來手術時，應該給他注射一針安定的，可是，李傑希望保留清醒的頭腦，他害怕一覺醒來，面臨的卻是糟糕的結果。

王永雙手懸於胸前，大步走到了手術台前。

李傑看見王永接過器械護士遞過來的手術刀！

正在進行手術的手術室是絕對的禁區，除相關人員外，任何人都不可以進去，甚至在附近發出噪音也是不可以的。

這是基本的常識，沒有人不知道，也沒有人會不遵守。可石清卻顧不得這麼多了，她一改往日的淑女形象，強行闖入手術室中，門口的護士攔都攔不住。

「等一下，王主任！」石清高喊道。

王永正聚精會神地準備手術，這一喊嚇了他一跳，他差點把刀切了下去！石清雖然是熟人，但他也忍不住訓斥道：「你怎麼回事，這裏是手術室，你不知道麼？」

「對不起，王主任！」李傑陪笑道，接著又對石清說道，「回去吧，這是我的主意，相信我，相信王主任，我會沒事的。」

石清是一路跑過來的，她顧不得滿頭的汗水，也來不及調整呼吸，繼續說道：「安德魯的實驗成果出來了，據他所說，可以不動手術，你的手也可以復原，你聽我一次吧，等安德魯過來，你再決定好麼？」

「手術暫停！」王永說著，將手術刀扔到托盤裏，接著又對李傑說道：「別固執了，也許奇蹟真會發生也說不定！」

安德魯應該不會騙人，李傑心想，但是他卻想不出有什麼方法，能完美地治療自己的胳膊卻不用手術。

唯一的可能性是誤診，李傑的病真的是按照安德魯所推測的，他被誤診了？那麼，他這個病不是由感染引起，那麼又會是什麼原因引起的血栓呢？

誤診是在所難免的，其實，這個世界上就沒有一個醫生一次誤診都沒犯過。因爲這個世界上本就沒有什麼能做到百分之百的肯定。李傑如此一想，心裏便覺得開朗了許多。

李傑等了好長時間，甚至他感覺麻藥的效果都要消失了，可是安德魯還沒有趕來。這個傢伙不來，就無法得知先前的診斷是不是誤診。

在內心裏，李傑覺得誤診的可能性還是很大的，但無論是否誤診，只要手術成功，都可以挽救他的右手。

不過，如果安德魯說的是對的，那麼這個手術只能治標卻無法治本，就是做了搭橋手術，也不能根本性地解決他的問題。可能右手搭橋手術後痊癒了，但是在以後的日子裏，左手可能會再次患病！

李傑一直覺得自己耐心很好，可是現在他才發覺，等待也是這麼難熬。

安德魯其實已經很努力了，他昨天帶著于若然回實驗室後便開始了工作。那寬大的白大褂穿在他身上滑稽極了，于若然覺得他看起來不像是醫生，反而更像是一個屠夫或者廚師。

她忍不住笑了起來，剛剛哭泣的樣子再也看不見了。這一笑讓安德魯覺得很不自在，他做實驗時，從來都不喜歡別人打擾他，在實驗室，他就是一個自我放逐的胖子。

「別笑了，你這麼吵，我怎麼做實驗？」安德魯惱羞成怒道。

「好的，我不說話！」于若然吐了吐舌頭，做了個鬼臉說道。

于若然說完，巡視了一下安德魯的這個臨時實驗室。這是中華醫科研修院提供給他使用的，寬敞明亮，擁有著學校最好的實驗設備，不過，這些東西在安德魯眼裏並不入流，也並不好用。

整個實驗室裏，她唯一感興趣的東西就是安德魯的搖椅。那是一張單人床般大小的搖椅，也不知道安德魯是從什麼地方弄來的。

這個大椅子躺上去舒服極了，于若然躺在上面搖了搖。安德魯很不喜歡別人動他的東西，特別是這個搖椅，基本是他專用的。

可于若然躺在上面，他卻不敢說什麼。如果要是再哭了，他就沒有辦法解決了，只能忍耐著悶頭繼續做實驗。

最開始的實驗需要長時間的化學反應。現在時間已經差不多了！切片，電子顯微鏡觀察，實驗結果出乎安德魯的意料。

他只猜對了一半，現在可以證明的，只有李傑並不是病毒的感染引起的血栓，但是，安德魯現在卻不知道他疾病的真正原因，他所猜想的結果並不正確。

難題是解決了一個又來了一個，安德魯最不怕的就是遇到難題，這樣的結果更增加了他繼續奮鬥的興趣。

于若然渾然不知安德魯那兒發生了什麼事。只見這個胖子一會兒失望，一會兒高興，彷彿精神分裂一般，再想到這裏就他們兩個人，於是有些害怕，她正準備逃走，卻聽見安德魯粗獷的聲音說道：「小姑娘，來幫幫忙，這個試驗可是關係重大，李傑的命運可以說就掌握在這上面了！」

于若然不知道怎麼的就相信了安德魯的話，也不想離開了。她跑到安德魯身邊當起了助手。她是一個心靈手巧的女孩，雖然是學臨床的，對於這些試驗不是很懂，可是她上手很快。

安德魯也這麼認爲。似乎這個女孩天生就是一個當助手的料子，他根本沒有想到，她竟然可以幫上自己這麼大忙。

試驗繁複而枯燥，兩個人從傍晚一直忙到第二天的中午，安德魯面對這瓶瓶罐罐，可以幾天幾夜不睡覺，他已經適應了這樣的生活。在國外搞研究的時候，他經常這麼做。

對於此，他唯一的「怨言」恐怕就是因爲太勞累了，讓他距離世界第一胖子的目標越來越遙遠，所以，每次試驗結束以後，他都會選擇吸上一支上好的雪茄，吃上一頓大餐。

但是，于若然卻是第一次做這個試驗，對此，安德魯很佩服她，他的脾氣很不好，做試驗的時候經常罵人，于若然因爲低級失誤太多，被他罵了好幾次。他甚至都看到這個漂亮的小姑娘的眼淚在眼圈裏打轉。

可是她堅持到了最後，安德魯覺得這個女孩子就是一個天生的助手材料，細心溫柔，意志力堅強。

「不錯不錯！你幹得很不錯，于若然，你真是一個天才！即使比起李傑來，你也毫不遜色。」安德魯感歎道。

「剛剛你還嫌我笨呢！現在你又誇我，你哪一次是在說謊話呢？」

「你適應能力很強，我從來沒有見過一個剛剛入門的人可以跟得上我的速度！你是一個天才，以後跟著我做試驗怎麼樣？有興趣來研究遺傳麼？想破解生命的密碼麼？」

安德魯並不是在開玩笑，眼前的這個小女生他真的很喜歡，這是一個做助手的絕佳人選。她明明不知道這個試驗的內容，卻也能和自己配合得很好。

如果安德魯是和別人說出來這種話，恐怕那個人會高興得瘋掉。安德魯是基因研究領域最有名氣的大師，而這個領域又是現在甚至未來的研究熱點，試問哪一位學生不想去呢？

可是于若然卻沒有回答，只是靜靜說道：「嗯，試驗結果出來了麼？我們是不是可以通知李傑，告訴他我們這個好消息呢？」

「結果哪裏那麼容易出來，剛剛我已經打過電話了！告訴他不要手術！」安德魯說道，他雖然和李傑在一起待的時間不長，但是卻摸透了李傑的脾氣。

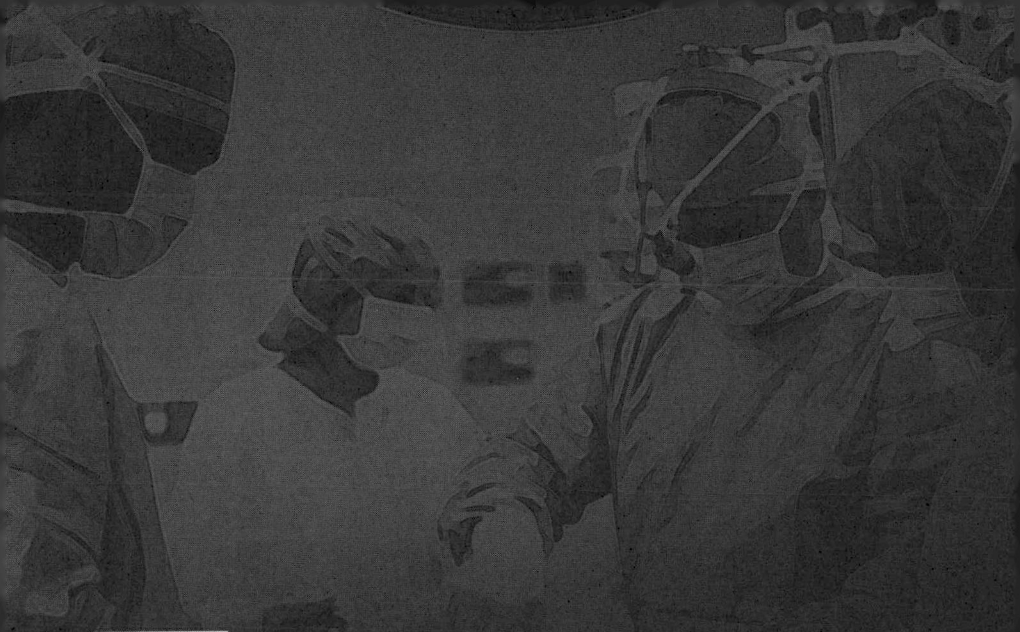

第八劑

放血療法

人造代血漿是一種生理鹽水注射液，它畢竟是人造的，
雖然可以運送氧氣，但是沒有血液中的很多組成物質。
李傑這次注入它，就是讓血細胞容易維持在他所需要的資料上。
人造代血漿的輸入其實是李傑靈機一動想出來的，
其實在他還是李文育的那個時代，就有人這麼做過。
人造代血漿的醫療原理很簡單，它可以降低血液中的細胞含量。
構成血栓的材料就是血細胞，材料少了，血栓的形成自然就不會那麼容易。
李傑的疾病現在百分之百可以確定是血液有問題。
這樣做的話，可以有效防止血栓形成。

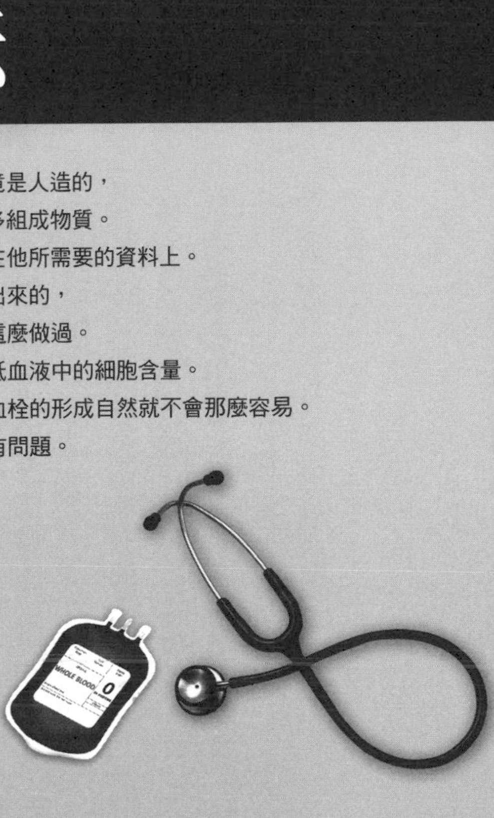

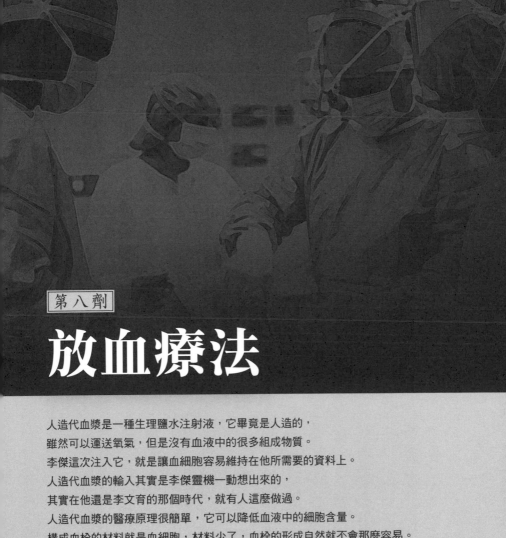

第一附屬醫院裏，李傑煩躁地等待著，抬頭看了一眼時間，才發現已經下午五點多了，因爲夏天的緣故，日照時間比較長，所以他到現在也沒有發現竟然等了一個下午。

李傑知道自己被安德魯騙了，剛想發怒，可突然又笑了。他這是關心則亂，其實他早應該猜測到那個死胖子在騙他。不過，他冷靜下來想了想，又覺得不可能。

「小青石，給我拿一個筆記本，還有一支鋼筆！」李傑說道。

他此刻已經冷靜多了，安德魯不會騙他，既然已經通知他了，那麼必然是檢驗出了什麼問題。

此刻手術已經不可能了，因爲天色也晚了。李傑也不知道爲什麼自己現在出奇地平靜，或許是因爲手的感覺太好了吧！

石清不知道李傑要寫什麼。李傑寫字很不好看，也很討厭寫字，以前在陸浩昌的實驗室中，李傑就很少寫字。

通常情況，寫試驗總結或者試驗報告都是用打字機打的。字練得越少，就寫得越差，也就是這樣的惡性循環下，李傑寫字越來越慢，而且更加難看。

鋼筆在李傑受了傷的右手上轉了兩圈，然後立刻開始在稿子上飛舞起來，彷彿靈感是從轉筆中得來的。

這是一個李傑考慮了很久的問題——康達的藥物到底需要一個什麼樣子的？這幾天，他一直在關心自己的手臂，忽略了康達的藥物研發。

李傑的計畫是用一種速成的藥物來使康達走出困境，在資金解決了生存的問題後，再回頭來研究那個治療冠心病的藥物。

說起來容易，做起來卻困難得很。李傑如果不是來自一個比這個世界科技發達最少二十年的世界，恐怕也沒有辦法解決這個問題。

在李傑的腦海裏，可以用於研發的藥物有很多種，眼前的問題就是選擇一個。這其中要考慮的事很多，比如經濟效益、藥物療效、藥物市場等等。

李傑不是一個喜歡歷史的人，他不知道他的那個世界二十前什麼藥物最賺錢，也不知道這個世界現在需要什麼樣的藥物。

所以，現在他就寫下幾種比較好的、有可能用得上的藥物。他心想，到時候讓康達的經理石清去挑選吧！

石清似乎等不及了一般，她跑到李傑的身邊，看李傑正在寫些什麼東西。李傑的字寫快了，他自己都不一定能看清楚，可石清卻不知道用了什麼方法，總是能破解李傑的怪字。

「你寫的是什麼？弄這麼多藥物名做什麼？還有製作方法，難道這些你都能造出來？」

「候選的藥物，就是上次跟你說的新藥。你覺得研究哪一個比較好呢？」李傑問道。

「這些藥物沒有一個能夠研究出來，難道你知道它們的配方麼？」

「我知道大概的思路，只需要實驗室的證實就可以了！」李傑解釋道。

石清覺得李傑有點誇張，這麼多藥物她都沒有聽說過，如果真的能達到李傑所寫的效果，那麼康達的前途將是一片光明。

「都很難啊！研發週期也很長，我們需要的是研發時間比較短而且容易研究的藥物！」石清說道。

一語驚醒夢中人，李傑高興地拉著石清的手就是一個熱吻，弄得石清不知所措。正當她打算懲罰李傑的時候，卻發現他將剛剛寫滿的藥物稿子撕下來扔掉了！然後另起一頁，在上面飛快地又寫了起來。

李傑已經找到了他的目標——研究週期短，容易研究，甚至藥監局的審核都很容易通過的藥物。

符合條件的就是「保健藥物」，這個在二十一世紀最流行的賺錢之物！而在這個世界，目前還很少，畢竟改革開放不久，經濟水準還不行，但是，現在已經有很多人先富起來了，他們就是潛在的消費群體。

保健藥物更有一個優勢就是藥監局的審核週期很短，不用像其他藥物那麼費力，而且李傑設定的這種保健藥物更接近中藥，所以會更加容易見效。

既然有一部分人先富起來了，那麼他們就應該先對經濟做貢獻！李傑心想，這個保健藥物的定位也是定位在奢侈消費上。

有了大概的目標定位，李傑忘記了胳膊的傷，開始聚精會神地在筆記本上寫起來。來到這個世界後，他比別人強的地方，無非就是那多出來的記憶。

他知道很多目前還未發現的東西，不過這些僅僅限於他以前工作的領域——醫藥行業而已。他所知道的那些藥物，其實都是醫生們的常用藥，很多人都可以製作。

不過，因爲專利法的存在，這些東西也就不可能誰都可以製作，但是在現在這個世界，這些藥物也都沒有研究出來，專利也還沒有申請。

李傑也就同那些無恥的穿越者一樣，想去剽竊那些他做李文育時的藥物研究成果，不過，偷成果也不是想像的那麼容易。

研究方面就是一個難題，就算你知道了原理，知道了大概配方，你也不一定能做出來。藥物與其他的產品不同，服用不當是要死人的，所以就算研究成功了，還要經過大量臨床實驗。

「看看這個吧！」李傑在稿子上忙活了一陣子後，終於寫完了。

「保健藥物？」石清驚訝道。

「沒錯，確切地說可以不算藥物，保健品更貼切一點。剩下的就是你們的問題了，實驗室需要弄出一份研發報告。」

「可是這個東西能行麼？我從來沒有看到保健藥物可以賣得很好！」石清擔憂地說道。

「放心，相信我的眼光！」

石清現在對李傑有些盲目崇拜，好像他說的永遠都是正確的，就如同他的手術永遠都是成功的一般！

不過，她的盲目似乎總是對的，這次藥物的成功幾乎已經成爲了必然，後世那些例如什麼中華鱉精、腦白金等等就是同樣的例子。它們是不是好用先不說，起碼它們都成功了。

這次李傑所選用的也是後世的配方，純正的中藥改良配方，在審核方面要容易很多。

這事雖然交給了石清，交給了康達的員工們來研究，但是李傑卻總是免不了關心，一整晚頭腦都是混亂的。一會兒想著藥物，一會兒又想著右臂的手術，一會兒又想起家裏的父母。這樣的狀態一直持續到第二天早上。

溫暖的陽光從玻璃窗中照射進來，幾種不知名的綠色植物在陽光下顯得格外精神。這是一個生機盎然、充滿活力的早晨，但李傑卻昏昏欲睡，甚至感覺自己出現了幻覺。

那是早上趙致來看他，這個記者朋友是昨天晚上才知道他的病情，早上就急急忙忙地趕來看他。

由於夜裏李傑沒有睡好覺，到了早上天亮的時候，他才漸漸進入夢鄉，結果見到趙致的時候，李傑還以爲自己是在做夢。李傑迷迷糊糊地說了幾句話，趙致就急匆匆地上班去了。

趙致走了以後，李傑又進入了夢鄉。可是這個短夢沒有持續多久。李傑的朋友們又接踵而至，一個接著一個。

算起來，李傑連續兩個晚上沒有好好睡覺了，實在睏極了，但每次都是剛睡著就有人來看他。結果，弄得他一度以爲是自己夢到了這些人。

窗外的陽光漸漸地由柔和變得炙熱而強烈，空氣中似乎夾雜著火焰一般，一陣風吹來，讓人感覺更加炙熱。

李傑正趴在床上呼呼大睡，突然一個激靈，睜開眼睛爬起來坐在床上。他突然想起剛才發生的一件事。

剛才江振南教授來過，他跟他說了很多。一個是他辦畢業手續，需要照畢業照和辦畢業證的問題；另一個就是關於他的法洛四聯症的手術問題。

這種手術的臨床實驗不能等了，所以江振南決定剩下的手術換主刀醫生，但是團隊的其他人不變。

李傑當時有一些迷糊，也就答應了，但是現在他才想起來，換作別人來帶領這個團隊恐怕不行。

在他看來，助手于若然技術不過關，器械護士王麗更是因爲李傑答應他，自己會一直站在手術台上，他才同意合作的，如果換了人恐怕要出差錯。

李傑打起精神爬起來，整理了一下褶皺的衣服，跑去洗臉刷牙。這樣稍微整理了一下後，李傑就再也看不出有任何的憔悴了。

江振南來探望李傑的時候，法洛四聯症手術的主刀還沒有找到，但是江振南卻在關心著李傑。

李傑心想，自己如果就這麼消沉，就這麼病倒了，江振南的手術恐怕要無限期拖延。合適的人選太少了，現在能想到的就只有王永，但是他目前還在搞著自己的研究，根本沒有時間。

李傑想起了一個故事，那是他還是李文育時聽到的。故事的名字記不住了，他只記得那是一個關於太陽的故事。天上的太陽是這個世界萬物所敬仰與羨慕的對象，他有著很強的力量，近乎無所不能。但世間萬物都有天敵的，沒有什麼事物是沒有弱點的，太陽也有一個天敵，類似於蛇一般的物。

沒有人知道太陽每日不斷的奔跑，是因爲躲避強大的天敵，也沒有人知道晚上的月亮其實是太陽化妝所扮。

太陽不過是換了裝束來躲避天敵而已，他多數時候會受傷，也不過是沒有人知道而已。其實每個人都能看到，掛在天上那彎彎的月亮就是被天敵咬掉身體一部分的太陽。

太陽受傷的秘密只有他自己知道，因爲他不能讓人看到他的傷。他是永遠都堅強，無法戰勝的。即使他受傷了，他也要掩飾。

他要讓那些等待他幫助，等待他救贖的人相信，他是不可戰勝的。

李傑或許不是太陽，但是他卻決心改變自己。自己現在這個樣子看起來似乎病情很重一般，其實他覺得自己也一直是過於擔心了。

右臂的傷勢根本不會致命，最多是無法手術了！雖說手術是外科醫生的靈魂，右手則是手術的靈魂。如果丟失了靈魂，那會是一個很痛苦的事情，也許以後不能再做外科醫生了。

但就算不能做醫生了，李傑還可以做其他的事情，還有很多事等著他去完成。

他要讓其他人繼續看著李傑天才的神話繼續下去，看著他永遠也不會失敗。他要將江振南的手術完成，要將自己的理想完成。

李傑將自己打扮得已經看不出是一個病人，現在的他看起來跟平時沒有什麼兩樣。如果有痛苦有傷，就讓自己一人承擔，不能讓其他人失望。

打扮好了以後，李傑準備去找江振南教授。雖然傷還沒有好，但已經可以確定不是感染所致，問題不會太嚴重。何況有安德魯在這裏，李傑對於這個胖子還是很放心的。

李傑準備完畢，現在他打算逃出去。現在他正在住院，沒有醫生允許是不能出院的。醫院經常會有病人逃出醫院，不過，多數是被高昂的醫療費用壓迫所致，他們偷偷逃跑是爲了逃避住院費，和他自己從醫院逃走的原因是不同的。

他這次當了一回病人，不僅是進了手術室，還體驗了一次逃院！李傑心中感歎道，但願這次能將病人的經歷一次體驗完，以後再也不要做病人才好！

在李傑的願望即將實現時，他卻遇到了麻煩！

「站住，李傑，你要去哪裏？」一個粗暴的聲音傳來。

李傑回頭一看，正是大胖子安德魯，他的身後跟著穿鵝黃上衣、花格裙子的漂亮女孩子若然。

典型的美女與野獸！李傑心道，突然又覺得迷惑，這兩個人怎麼會突然走到了一起？

「我出去轉轉，醫院裏太悶了哈！」李傑笑著掩飾道，說完，他突然發現安德魯竟然突然換了一種表情。

他那種胖得有些圓的臉突然變得有些悲傷，接著他緩緩地說道：「李傑你完蛋了，根據我的檢查，你必須截肢了！你的右手將不能再保留了！」

「去你的，開什麼玩笑！」李傑沒好氣地道，他就知道安德魯要嚇唬他。如果是昨天，恐怕李傑就會被騙了，但今天的他已經不是那麼全部心思都放在胳膊上了。

現在他的頭腦是清醒的，對於任何的事物都有自己的客觀判斷。

「真沒意思，你就不會配合我一下麼？哭著哀求我，讓我來治好你的病麼？」安德魯撇撇嘴道。

于若然拿這個安德魯實在沒有辦法，這個傢伙總是喜歡惡作劇，對於病人竟然也是這樣。不過，這個胖子心地善良，是一個好人。

「李傑你放心吧，安德魯已經掌握了你的病情！」于若然說。

「哼，如果不是看在我的美女助手面子上，我就不救你了，走吧！讓我來確定一下！」

在病房裏，安德魯跟護士要了很多檢查器械。李傑看到這些器械就害怕，他不知道這個粗魯的胖子要幹什麼，但是他能確定，這個傢伙肯定掌握了一些情況。

安德魯雖然喜歡開玩笑，看起來似乎就是一個沒正經樣的傻胖子，但是認真起來的時候，他的嚴肅也是十分驚人的。

在給李傑做檢查的時候，他看起來幾乎變了一個人！那種傻傻的笑容，無聊的玩笑都不見了。

「跟想像的一樣，現在做最後的一個測試，你忍著點！」安德魯說道。

李傑點了點頭，接著又搖了搖頭。不過已經晚了，安德魯抓起他的胳膊，拿起一根穿刺針就扎了進去。

接著又是第二根針，李傑疼得想把手抽回去，可是他被安德魯有力的手抓著，怎麼也動不了。然後，他又感覺到第三根針插入，李傑的肌肉緊繃，但是針卻還是完全插了進去。

安德魯折騰了一陣後，將針拔了出來，緩緩地說道：「你看，我收集到了什麼？」

三支穿刺針裏面都是空空如也，什麼都沒有！李傑又看了一眼自己的手臂，再看看胳膊上的三個傷口，立刻明白了，剛才被安德魯弄得不快的感覺立刻消失了，取而代之的是高興。三個針頭所穿刺的地方都是原來以爲的肌肉壞死部位。他什麼都沒有取出來，那就說明壞死的肌肉並不存在。又是錯誤的判斷，錯誤的檢查結論，他的肌肉其實並沒有壞死，只不過是處於一種缺乏養分的狀態。先前影像儀器檢查的時候，他誤以爲是壞死了。

直到此刻，李傑才真正地放下了包袱。此前，他一直都被自己的傷勢所影響，思想一直都不清晰。

其實，他早就應該做這樣的檢查，可是他實在是太關心自己的病情了。「醫不自醫」的教訓又一次體現在了他的身上。

「好了，我的兄弟，告訴我你的檢驗結果！」李傑高興地說道。

「沒有結果，我推測的原因都不存在，目前，我覺得你應該是免疫功能紊亂引起的，也可能是血管神經調節障礙引起！」

「好了，我明白了，先停止所有藥物，靜滴氫化可的松！」

「那如果無效呢？」于若然問道。

「那就說明不是血管神經調節障礙引起的，而是免疫功能紊亂引起，改吃免疫抑制藥物！」李傑淡淡地說道。

「那不是將你自己當成試驗品了？」于若然驚道。

李傑顯得很高興，畢竟已經確定了病情沒有想像的那麼嚴重。他不在乎地對于若然說道：「這就是藥物排除診斷！」

藥物排除診斷的缺點之一就是需要大量的時間來驗證。人體就像一個實驗器皿，藥物就是化學反應材料，哪種藥能與致病因素反應，哪種藥就是正確的。

一個症狀起碼要用三天時間來判斷，李傑覺得自己的耐心已經到了極限，恐怕等不得那麼久。

點滴已經滴完了，李傑拔掉針頭，對著眼前的小護士說道：「今天開始不吃藥了！」

護士立刻停止了手頭的工作，臉色陰沉下來，不悅地對李傑說道：「不行，李醫生，你好歹也是個醫生，怎麼能任性不吃藥呢？」

在李傑看來，不吃藥的主要原因就是，藥不對症狀，現在李傑吃的藥還是以前針對手臂感染開的藥物。其實，李傑的血尿就是因爲亂吃藥吃出來的，當然這不能算醫生的錯，就連李傑自己當初都錯誤判斷是感染引起血栓。

西藥的毒性大，這是眾所周知的事，很多腎衰竭病人都是因爲吃藥，包括吃錯了藥物，也包括正確藥物的副作用。李傑血尿的原因也是這樣。

其實這也是無奈的事情，沒有事物是完美的，無論怎麼做，總是會有點可惡的副作用。

「我跟羅剛主任說過了，這個藥根本不用吃了！」這個小護士太認真了，李傑只能騙她。

護士看著李傑那嚴肅的表情不像是撒謊，又想到這個李傑怎麼說也是一個醫生，於是點了點頭說道：「那我走了，要有什麼事就叫我！」

「等等。給我放血，大概五百毫升！」李傑說。

護士以為自己聽錯了，沒聽說過現代醫療還有放血這種方法的。古代的歐洲好像有這種變態的療法，再說，這放血好像沒有什麼科學依據，她只知道放血只能造成傷害，根本不會有什麼療效。

李傑卻是想檢測一下。

「放出的血要小心地保護好，立刻送檢！另外給我留幾份樣本！」李傑淡淡地說道。

護士被放血這詞給嚇倒了，其實李傑說的放血就是和獻血時抽血一樣的，只不過這種說法可怕了一些。不過，她很快地反應了過來，立刻去取抽血的器械。

她雖然不明白李傑想幹什麼，但還是照著做了。很顯然，這個傳說中的天才醫生目前是清醒的，他不會拿自己身體開玩笑。

護士用橡皮帶紮緊胳膊，接著又對著血管迅速地拍打，血管在外力刺激下膨脹起來。針頭準確地插入動脈。鮮紅的血液毫不費力地被吸了出來。

足足吸了五百毫升的血液，李傑卻還沒有什麼感覺，也許是因爲身體好、年輕的緣故吧！接著護士又按照計畫給他輸入人造代血漿。

人造代血漿是一種生理鹽水注射液，它畢竟是人造的，雖然可以運送氧氣，但是沒有血液中的很多組成物質。李傑這次注入它，就是讓血細胞容易維持在他所需要的資料上。

人造代血漿的輸入其實是李傑靈機一動想出來的，其實在他還是李文育的那個時代，就有人這麼做過。人造代血漿的醫療原理很簡單，它可以降低血液中的細胞含量。構成血栓的材料就是血細胞，材料少了，血栓的形成自然就不會那麼容易。

李傑的疾病現在百分之百可以確定是血液有問題。這樣做的話，可以有效防止血栓形成。

血液放多了，李傑覺得有點心跳加速，頭暈，不過他覺得這更多是心理作用，而不是因爲抽出來的血液太多了。

抽出來的血如果裝在礦泉水瓶子裏，足足可以裝一瓶。李傑看到這些從自己身體裏抽出來的血，心裏覺得怪怪的，其實，這些量並不大，還不至於讓人感覺頭暈的。

如果是安德魯看到這麼多血，恐怕他會高興死！這麼多血，他的實驗原材料可就多了很多，再也不需節約使用了。

換血算是一種極端的療法，甚至第一附屬醫院裏的醫生都沒有想過可以這麼做。這些人造代血漿通常都是在備用血液少的時候做臨時補充用的，因爲人造代血漿不用考慮血型的因素，同時量大，效果也不錯，用來應急使用效果很好。

李傑輸完人造代血漿後，又休息了一陣，最後他站起來，對護士說道：「謝謝你，別告訴別人我抽血換人造血液了，這是我們的秘密。」

李傑說話的時候，故意離這個女護士很近，弄得她很不好意思。爲了擺脫窘境，她只好點頭。其實她對李傑印象不錯，不過，她知道李傑已經有了女朋友，而且他的女性朋友好像還不止一個，所以，她也沒產生更多的想法。

李傑說完後邪邪地一笑，然後風一般地消失了。他還有很多事要辦，否則也不會弄出換血這種事來。

現在，他已經完全從失去手臂的恐懼中恢復過來了。其實，那次冒險手術時，他就應該換血，那樣的話，復發的機率就會少了很多。

這幾天，李傑都沒有出醫院，此刻突然間出去，他甚至還不適應如此強烈的陽光。閃耀的光線讓他睜不開眼睛，炙熱的太陽讓他覺得皮膚在燃燒。

今日是一個特殊的日子，是李傑從中華醫科研修院畢業的日子。李傑要回去告別母校，同時回去看看同學們。

另外一件事就是，他想去看看江振南教授，李傑覺得自己應該幫他將手術完成了再說。這也是李傑剛才決定的。就算不斷地用換血的辦法，李傑也要堅持著完成法洛四聯症的手術，完成江振南教授的最後一次研究。

中華醫科研修院到處都是穿著學士服照相的畢業生們，他們歡笑著、哭泣著、憂傷著、高興著，心裏充滿對未來的憧憬和對母校的留戀。

學生們在畢業前基本都已經確定了自己的工作。看著眼前的這些同學，李傑不禁覺得有些悲哀，他是屬於少數派，屬於還不知道自己的前途在何方的一小群人，同時，他又悲哀自己得了這麼奇怪的病。

悲哀的另一個原因，也是最重要的原因是，他沒有一起畢業的同學，跟他同時入學的同學現在都還在讀大二，正準備著期末考試。實習的時候，他也一直是孤家寡人，所打交道的人要麼是醫生，要麼就是社會上的其他人。

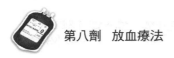

穿過樹影斑駁的林間小路，李傑來到了馬雲天院長的辦公室。在李傑住院時，馬雲天院長就托人告訴他關於畢業的事。

其實，李傑根本不用來學校，各種手續馬雲天都會讓人幫他辦理好，但是李傑不想躺在醫院裏畢業。

中華醫科研修院的風景，百年來幾乎沒有什麼變化。學校的周圍，摩天大樓幢幢矗立，但是學校依然堅持著它自己的古樸風格，除了幾棟大樓以外，其他的佈局都沒有改過。

馬雲天院長沒有想到李傑會出院來學校，當他看到李傑的時候，趕緊招呼他坐下，然後熱情地問道：「怎麼出院了？」

「沒有多大問題了，今天是畢業的日子。我怎麼能不來呢？」李傑說。

「身體在恢復就好，你馬上就要離開學校了，對未來有什麼打算麼？」

李傑知道院長的意思，馬雲天和江振南教授都是一個心思，想讓他繼續留在第一附屬醫院。李傑也不點破，只是搖了搖頭說道：「我還沒有確定，現在只想把病養好了再說！」

「我希望你能留下來，就算不是第一附屬醫院也行，我們學校的合作醫院有很多！隨便你挑選，去哪個都可以，隨時歡迎！」

「那我先謝謝院長，我先去看看江教授，另外跟同學們道個別！」

「好的，你的畢業證等手續還沒有辦理好，明天我叫人給你送去吧！」

離開了院長辦公室，李傑走上辦公樓最頂層的江教授辦公室。學校的樓不高，最頂層也不過是五層而已，沒幾步就快到了。

李傑剛走到四層，轉過樓梯，準備上五樓的時候，卻看見有人下來，原來是他熟悉的于若然。

今天她換了一身打扮，那身鵝黃的短衫變成了白色的，上面的卡通圖案讓人感覺多了幾分童趣。下身的長裙一直垂過膝蓋，腳上則踩著一雙簡單的涼鞋。

五樓只有江教授一個辦公室，其他的房間則是會議室等不經常有人的地方。于若然顯然剛剛從江教授那裏出來，李傑想打聽一下江教授是不是在辦公室，還沒開口，于若然卻先說道：「李傑?你怎麼跑出來了，不是說讓你休息麼？」

「我畢業了，不能就這麼離開。今天是離校的日子，我想來看看!另外，你不用擔心，我已經做了特殊的處理。」李傑含糊地說道。

「江教授不在，你別上去了。時間真是太快了，你都要畢業了，去看看同學們吧，在你走之前，我們好好聚一下!」

學生時代應該是每個人最懷念的時代了，當步入社會的時候，人們才會發現，那段時間是多麼愜意，多麼珍貴，也是多麼令人懷念。

李傑與于若然一個在前一個在後慢慢走著，學校內不時可以看見穿著學士服拍照留念的學生，還有一些準備離校的背著行李戀戀不捨離開。

中華醫科研修院的畢業學生都是很容易找工作的，而且工作都特別好。下海經商則需要鼓起很大的勇氣，放棄穩定的高收入工作，在超高的風險下摸爬滾打。不過，高風險帶來的就是高收益，多少人一夜暴富，躋身富豪一族。

醫學院的學生下海經商的首要選擇差不多都是做藥物銷售。這就是第一批醫藥代表。敢於放棄工作的畢竟是少數，去做醫藥銷售工作的也不是每個人都能成功。

這個年代，校園裏很少出現招聘廣告，畢業生基本是靠國家安排工作，也有能力強的自己找工作。第一附屬醫院的學生基本是留在了實習的醫院，所以，多數時候，學校裏的招聘廣告貼了也沒有用。

但是今天，校園裏卻看到了這樣的廣告寫著：「招聘藥物銷售人員」，下面還寫了很多誘人的介紹，比如工資、待遇等等。

李傑對於這個沒有興趣，現在他應該算是老闆，康達的實際控制人，賣藥也應該是他李傑招聘別人賣藥。

不過，這個廣告也給了李傑一個提示，以後賣藥，他也要招聘醫學院的畢業生。高薪厚祿地供養著，工資起碼要比這些招聘廣告上的高才行。

人們總是對未知的事物充滿了好奇，李傑也不例外，他想看看這些未來製藥市場上的競爭對手，於是他跟于若然兩個人就前去湊熱鬧看看。

圍觀的人很多，天氣又很熱，雖然這裏是背陰的地方，但依然讓人覺得熱得快要窒息，但好奇心的力量總是無比強大的。

招聘商是一個胖胖的禿頂男人，他身材不高，需要踩著一個小凳子才能看到所有的人。炎熱的夏天讓他汗流浹背，那禿頂也因為汗水的原因變得亮晶晶的。

「所謂十年寒窗苦，大家學習都是爲了能有一個好的歸屬。做醫生是你們的一個選擇！來我們這裏銷售藥物則是你們的另外一個選擇！」禿頂胖子說。

「你們能給什麼待遇啊？比醫生的還好麼？」一個學生問。

「當然！我們的待遇……」禿頂胖子突然覺得一陣頭暈，天旋地轉起來，他眼前這個世界也昏暗了起來。但他還是強打精神繼續說道，「大家放心。這裏有……」

他的話還沒有說完，便再次感覺眩暈，腿腳發軟，再也堅持不住，一頭栽倒下去。

在場的都是準醫生，發現這樣的情況後，沒有人驚慌，而是紛紛想上前表演一下自己的醫術。李傑看到了這個人暈倒的全過程，也看到了在場人士蜂擁而至的樣子。

「讓開。大家別圍在這裏，他可能中暑了，保持通風！」李傑高聲呼喊道。

圍觀的準醫生們都讓開了，因爲說話的是李傑，這裏幾乎所有的人都認識他。此刻，再也沒有人準備一展身手了，因爲在李傑面前，這無異於班門弄斧，自取其辱。

病人已經昏迷，那張胖臉異常蒼白。李傑摸著病人的手臂，感覺他皮膚濕冷、脈搏細弱。

「叫救護車！」李傑喊道。

「已經叫了！」人群中有人回答道。

「是中暑症狀，但看起來似乎更加嚴重，也許還有其他的併發症！」于若然說道。

李傑也不說話，將病人抬到一棵大樹下的木椅子上。李傑將他的上衣脫去幫助散熱，同時又檢查一下他的狀況。

「可能伴有肺炎，他呼吸頻率不對！」說話的是一個有些靦腆的大男孩。他身體消瘦，皮膚是一種近乎慘白的顏色。

「這不是食堂的包子男孩麼？什麼時候成醫生了！」人群中一個戲謔的聲音說道。

男孩更加靦腆了，慘白的臉上頓時泛起一陣紅暈，就如同一個害羞的小姑娘。李傑可不管他是小姑娘還是大男孩，他說的正是事實。這個病人呼吸有些問題，肺炎可以解釋他的症狀，但是又不完全。可是，現在他管不了這麼多了，只能對症治療。

病人突然呼吸困難起來，面色變得鐵青，典型的呼吸衰竭！看到這樣的情況，人群中已經混亂了起來。畢竟這些人只是準醫生，雖然在醫院裏實習過，但是在面對這樣的事情時，還是有些不知所措。

「去實驗室，拿呼吸插管，再多拿手術包，快點！」李傑大聲喊道，然後轉身對病人做人工呼吸。但這樣做只能減緩他的症狀。

這裏距離實驗室很近，沒有兩分鐘，呼吸管就拿來了。呼吸道的插管很簡單，但是李傑卻怎麼也插不進去。

病人喉部肌肉閉鎖，李傑氣急敗壞地扔掉了插管，直接打開手術包。在剛來這個世界時，他就用手術刀取出卡在氣管裏的豆腐。

手術刀正準備落下的時候，李傑突然聽到有人喊道：「等一下！」是那個靦腆的大男孩，他是費了好大勁才鼓起勇氣喊出這三個字。他還要說什麼，李傑卻已經將手術刀收了回去。

因爲他突然意識到，這個病人沒有到開刀的地步，就算開刀了，作用也不大！他的病因不是喉部的肌肉，最大的可能是神經問題。

「病人有可能是神經問題……」他的話與李傑的想法不謀而合。他可是距離病人很遠，並沒有做實質性的觀察，但是卻做出了與李傑一樣的診斷。

「包子男孩變身包子醫生，剛剛還說肺炎，這麼快就變神經系統疾病了？」不知是誰嘲笑道。

「剛剛是我看錯了……」他不好意思說道。

李傑不是神仙，這種簡陋的情況下，根本無法救治這個病人。現在雖然天熱，但是病人中暑不至於到這種程度，而且他剛才站的地方有很多飲用水，他不會傻到不喝水，而缺水到這種程度。

沒有儀器的檢查，根本救不了人。現在對他威脅最大的就是呼吸問題，但目前來講，這還不足以致命。

李傑拿出壓舌板，深入病人喉中，挑動幾下，以誘發患者噁心，促使嘔吐。

這個效果很好，患者喉部肌肉因爲嘔吐欲望而改變，閉合的僵硬咽喉部肌肉很快就恢復了正常。

病人並沒有吐出什麼，但呼吸卻恢復了正常，李傑的這個小小的手段折服了周圍所有的人，每個人都感歎著李傑果然名不虛傳。

救護車這個時候匆匆趕來。車門打開，訓練有素的護士和醫生跳下車來，將患者送上了救護車。

藥商被送到了醫院，招聘會也就結束了。好戲落幕，大家紛紛解散回去。

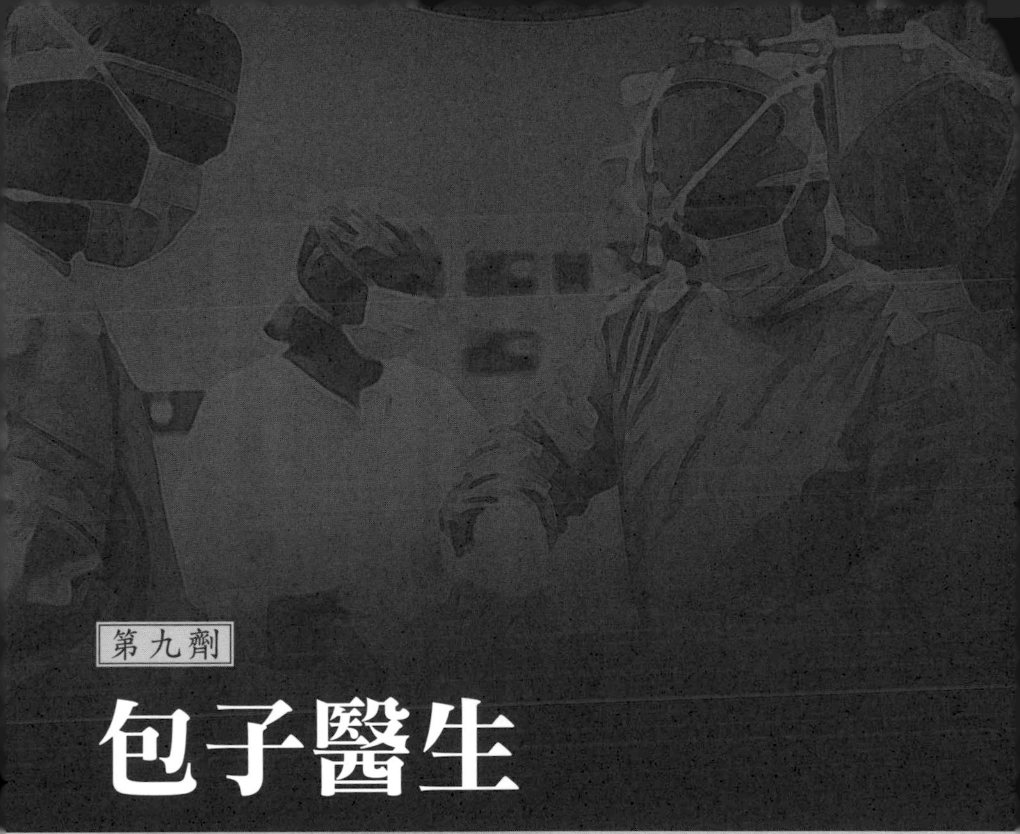

第九劑

包子醫生

夏宇覺得「包子醫生」這個稱號挺好的。
他最開始學醫的目的就是為了治療自己的心臟病，但是很快地，
他就知道自己的病目前治癒不了。
可是，他沒有停止學醫的步伐。他已經深深地喜歡上了醫學，
現在他最大的願望就是做一個醫生。
然而，醫學是一個嚴謹的學科，赤腳醫生橫行的年代已經過去了。
沒有學歷的人想進入大醫院幾乎是不可能的。

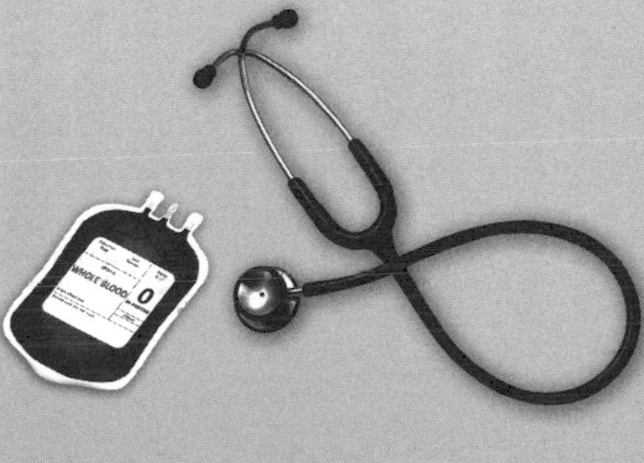

那個靦腆的包子男孩沒有離開，他在剛才那個患者待過的地方尋找著什麼。他表情很認真，像一個偵探在尋找著什麼證據一般。

「嘿，你在找什麼？」李傑問道。他對這個害羞的傢伙很感興趣，是因爲這樣靦腆的人不多見吧。

于若然有著同樣的心思，她覺得這個男孩如果穿上裙子，紮上頭髮，完全可以混入女孩中而不被人發現。

「我覺得剛剛的病人應該是過敏，我想找找看，過敏源是什麼！」男孩有些羞澀，李傑都搞不懂他到底在害羞什麼。

「哦，你的想法很有意思。怎麼想到是過敏？因爲突發性？」

「不是的，是因爲，他的症狀很像，還有……」他一連串地說出一堆理由來。

「很厲害的傢伙！」李傑和于若然心中同時生出這麼一個想法。這個男孩的頭腦堪比醫學資料庫，似乎所有的症狀特徵都記錄在他的腦海中。

此刻，他全部調用了出來。他幾乎說出了所有可能的情況。這其中的多數，李傑都沒有想到，當然有許多都是跟這個患者的病情無關的。

「今年畢業的麼？爲什麼他們叫你包子男孩？」于若然笑著說道。

他臉更紅了，低著頭更加羞澀，李傑覺得他應該叫紅臉男孩更加確切一些。于若然這個女孩都比他大方多了，看到他不說話，主動走過去伸出手說道：「我是于若然，他是李傑。很高興認識你！」

他猶豫著，然後伸出了手，同于若然握手的時候，幾乎是碰一下就縮了回去。他對兩個人說道：「我叫夏宇，我是這個學校食堂賣包子的，並不是學生！」

這下李傑可明白包子男孩的意思了，原來他是賣包子的。他這麼靦腆，大家肯定都不知道他的名字，所以也都叫他包子男孩，這就不奇怪了。

奇怪的是，他一個賣包子的，怎麼會給人看病，而且大多說得條條在理。最可怕的是他那個如電腦資料庫一般的頭腦，那樣子似乎是將學校的圖書館都裝了進去。

「我沒有騙你們，我真是賣包子的！我媽媽就是在這裏賣包子的，我從小就生活在這裏，因爲心臟病的原因，我不能上學，就一直跟在媽媽身邊。小時候，我覺得只要我學醫，長大了就一定可以治療自己的病！所以，我有空的時候就會去聽課。」

中華醫科研修院的旁聽生很多，這是學校的傳統。只要有空座位，你就可以去坐，如果沒有，你也可以在樓道裏聽講。

沒有人會鄙視在樓道裏聽講的人，相反，大家都很佩服他們。學校有很多來自全國各地的旁聽生，這對於學校學生而言，是一種激勵。

「我沒有不相信你，只是很佩服你，沒有上過學，只是靠旁聽，竟然可以達到這樣的程度！讓人敬佩！」李傑贊道。

「我想去醫院看一下，明天再找個時間相聚吧。」李傑對于若然說，看到于若然點頭同意後，他又轉頭對夏宇說道，「過敏源不用找了，如果真是過敏，我相信應該在剛才那些人的身上。我現在去醫院看看那個病人，你要跟我去麼？」

「我？可以去麼？」夏宇指著自己，驚訝地問道。

李傑點了點頭，鼓勵道：「你現在是包子醫生，不是包子男孩，要自信點！」

二十一世紀的世界什麼最值錢？人才！眼前的這個就是人才，一個賣包子的能自學成才，足以證明他就是一個人才。

至於他的病，李傑早就看出來了。他全身白得沒有血色，除了不出屋運動接受陽光照射少的原因外，更有就是身體內部的問題，除了心臟，李傑覺得他恐怕還有其他的問題。可能是天妒英才，這麼聰明的傢伙卻有疾病，否則，以他的聰明才智，他在任何行業都會大放異彩的。

夏宇覺得「包子醫生」這個稱號挺好的。他最開始學醫的目的就是爲了治療自己的心臟病，但是很快地，他就知道自己的病目前治癒不了。

可是，他沒有停止學醫的步伐。他已經深深地喜歡上了醫學，現在他最大的願望就是做一個醫生。

醫學是一個嚴謹的學科，赤腳醫生橫行的年代已經過去了。沒有學歷的人想進入大醫院幾乎是不可能的。就算你關係網很強硬，也比較難辦，除非你能一手遮天，要不然治死個人，誰都承擔不起這個責任。

以夏宇這樣的背景，想要嶄露頭角幾乎是不可能的。今天又是一年一度畢業辦理時間，夏宇不知道經歷了多少個這樣的日子了。

其實，按照他的能力，畢業根本不是問題，很多課程他都上過不只一次，但是他畢竟不是這裏的學生。

當李傑給他穿上白大褂的時候，他高興極了，那慘白的臉上泛起了陣陣紅暈。雖然只是一件普通的白大褂，他還不能算一個醫生，但這已經足以讓他興奮了。

「跟著來，我們去看看這個病人！」李傑說。

他現在也不算一個醫生，但第一附屬醫院卻沒有人管他，在這裏，每個人幾乎都默認了他的醫生「頭銜」。

禿頭胖子在急診室裏經過醫生的簡單處理後，病情已經穩定了很多。現在，他已經被轉到了普通的病房。

李傑並不是閑極無聊才來管這個疾病的。這個禿頭胖子雖然跟他毫不相關，但畢竟是一個不幸的患者，是一條人命。

李傑覺得，既然看到了就不能不管，而且這個患者的症狀很奇怪。他得的算是一種怪病，這也勾起了他的興趣。他想看看第一附屬醫院的醫生們對此有什麼見解。

「我們這麼去看患者，沒有關係麼？」夏宇緊張地問道，因爲他發現李傑的胸前沒有標牌。

李傑瞥了他一眼，淡淡地說道：「跟我走，你還有什麼不放心的，走吧！沒有人會追究我們倆是不是醫生的！」

他說的是實情，醫院還爲他留著他以前的辦公室，因爲誰都不知道李傑是不是要回來，畢竟醫院裏曾經流傳李傑有超級後台的流言已經深入人心。

除了經過緊急救治已經清醒的患者，病房中目前沒有別的人。李傑和夏宇見狀，正好趁著這個機會溜進去。

「醫生，剛剛已經有醫生爲我診斷過了，怎麼還要檢查？」禿頭胖子不解道。

夏宇聽到這話，立刻停了下來，不敢再多動一分。李傑卻做出一副嚴肅的表情對患者說道：「你知道麼？我們兩個可是爲了救你命而來的。你的病情很嚴重，現在正在會診。我有幾個問題要問你，你要如實回答！」

禿頭胖子顯然很害怕，一臉驚恐地點了點頭。李傑示意夏宇繼續檢查，然後對禿頭胖子說道：「當時你暈倒之前，有什麼感覺，有沒有接觸到什麼奇怪的東西，聞到什麼怪味？」

「沒有，我就是感覺頭暈，然後感覺這個世界彷彿變成了黑白的！我還以爲我要死了！」

他的話說明了夏宇的推斷是錯誤的。他應該不是過敏。那麼，不是過敏，又應該是什麼呢？夏宇陷入了沉思，種種可能符合症狀的疑點在他頭腦中不斷地閃現。

「哦，那最近有沒有受過外傷？你平時工作都是幹什麼？是否經常不走動？」李傑問。

夏宇一愣，立刻明白過來，李傑是在懷疑患者可能有血栓，受傷產生的血栓，或者長期不運動產生血栓。從他這個年紀來看，運動少是可能產生血栓的。

這些血栓通過血管被運送到大腦，就會影響大腦的正常功能！李傑果然是天才醫生，雖然自己也知道這些，但是卻沒有李傑想得快！夏宇心想。

「沒有，不過在這之前，我的確不怎麼運動，天天都坐在辦公室裏！這有很大的關係麼？」禿頂胖子問道。

「沒什麼，我需要抽取血樣，另外……」李傑還沒有說完，發現患者突然劇烈咳起來，那是一種很不正常的聲音。

李傑拿起聽診器，扯開患者的衣服，在他的胸部仔細地聽著他肺部的聲音。

一般來說，聽診的時候都需要患者平靜，像李傑這樣在患者咳嗽的時候聽診，卻令人匪夷所思。

夏宇從來也沒有看見過這樣的診斷，這完全不是教科書上的常規方法！

「深呼吸，儘量停止咳嗽。」李傑說。

患者按照李傑的指示，儘量地讓自己停止咳嗽，可是就堅持了一下，然後就放棄了，咳嗽怎麼也停不住，但就在停止的這麼一小會兒，李傑手中的聽診器已經迅速地移動了幾個位置。

咯血！李傑成功地對患者肺部做了檢查，但是患者病情卻進一步惡化了。他剛才的咳嗽誘使他咯出大量的血液。

「肺內出血，新的症狀！我們需要更多的檢查了！」李傑說道。

在患者的配合下，李傑取樣讓夏宇送到化驗室去。

本來負責這個患者的是第一附屬醫院的普通醫生，李傑的插手，他絲毫沒有感覺不爽。他們工作繁忙，有人幫忙倒是一件好事，所以，他們的檢查取樣都沒有受到什麼干預。

禿頂胖子從來也沒有想到過自己會發生這樣的病，如果僅僅是暈倒，恐怕他還不會有什麼害怕的，但是剛才的咯血卻嚇壞了他，可是他還不知道，在醫生的眼裏，他的眩暈才是最重要、最危險的症狀。

檢查得很快，沒有一會兒，夏宇就跑回來了。

「檢查結果出來了，肺內多處發現囊腫。恐怕要手術了！」夏宇說道，他蒼白的臉興奮得有些發紅。

「可是病因還不清楚！」李傑摸著下巴說道。

「他是在藥廠工作的，我調查過他們生產的藥物，個別材料的吸入會造成肺泡部的囊腫！」夏宇說道。

「症狀符合麼？」

「是的。我覺得應該立刻動手術。他現在很痛苦，呼吸困難，大量咯血！」

李傑看了看自己的雙手，他雖然經過換血，但是依然不敢嘗試這樣長時間的手術。肺部多處囊性腫塊是一個需要很長時間的手術。

李傑的目光從雙手移開，又轉到了夏宇蒼白的臉上。這個瘦弱的傢伙基本功很扎實，李傑帶他來的一個目的就是想看看他到底有多厲害，另外一個目的就是想幫幫他。

今天的診斷雖然他表現很不錯，基本功夠扎實，但是他有一個弱點，那就是沒有在臨床上待過，經驗不足！

「說說其他的可能病症吧，或許我們會遺漏！」其實，李傑不過是想考考他。

「可能有自身免疫調節失衡，或許也可能是……」夏宇說出了一大堆病症名。

「VHL？」李傑自言自語道，接著頭腦中開始浮現出關於VHL的各種資料，多發性腫瘤，遺傳性！接著李傑突然大喊道，「我明白了，終於抓到了這個要點！去檢查他的腎臟，還有胰腺，如果發現囊腫就告訴我。」

夏宇一愣，也立刻明白了。

夏宇走後，李傑興奮地看著自己的胳膊，受這個患者病症的啓發，他幾乎可以確定自己掌握了胳膊的病因！安德魯所謂的兩條病因，免疫功能紊亂與血管神經調節障礙都不對。

只有一個原因能解釋李傑的這病，那就是遺傳性血液栓塞。血細胞的黏稠都源於遺傳！

檢查很快速，夏宇沒一會兒又帶來了結果。可是遺憾的是，現在醫學影像學儀器還不夠發達，檢查結果不是很清楚，恐怕要開胸確診。

「好了，終於結束了！今天的診斷結束，我們走吧！」李傑說。

「可是患者還沒有確診？」夏宇不解地道。

「放心吧，這裏的醫生會處理這個問題！我想問你一件事，想做醫生還是想做一個賣包子的？雖然他們都是穿著白大褂，但是你要明白其中的差別。」李傑笑道。

「我想當醫生，但是我媽媽卻需要我幫忙賣包子，我沒有文憑，也不知道應該怎麼辦！」夏宇低頭玩著手指說道。

「那就做『包子醫生』吧！我需要一個醫生，不需要文憑，工作地點可能會不在這裏，但是來去自由，除了節假日，每過三個月來一次！」

夏宇想都不想，就點頭對李傑說道：「你說的是真的麼？我可以做醫生，真是太好了，我要告訴媽媽去。」

如果不是碰到李傑，他恐怕永遠都做不了醫生，不僅僅是因爲文憑，還有他的心臟病，他無法治癒的心臟病也妨礙他成爲一名醫生。

如果李傑不幫助夏宇一把，他可能永遠就得賣包子了，不會成爲醫生。如果李傑不幫助夏宇，恐怕李傑也不會這麼快地發現他血液中的問題。有的時候，幫別人也是幫自己。

「包子醫生？」安德魯驚訝地看著夏宇說道，然後又繞了兩圈，最後轉身對李傑說道，「我看他是『麵條醫生』，什麼包子有這麼細，這麼長，還這麼白嫩的？」

夏宇在「生命之星」交流周時聽過講座，知道眼前的這個貌似粗魯的傻胖子就是大名鼎鼎的《基因》的作者安德魯。

能看到安德魯，能有機會跟這位大名鼎鼎的作者認識，對夏宇來說，是一件很榮幸的事。至於安德魯說他是「麵條醫生」，他也不在意，反正「包子醫生」跟「麵條醫生」也都一樣，他也賣過麵條。

「你別小看了他，我的眼光是很高的。這個小傢伙可比你厲害多了！」李傑沒好氣地說道。

「是的，他做包子，下麵條肯定比我厲害！不過比起吃包子，吃麵條，他可就不是我的對手了，哈哈哈！」安德魯得意地笑著。

「不跟你開玩笑了，安德魯，我有事求你，你看，我有困難總是找你，你不會嫌我煩吧！」

「肯定會，不過你要告訴我，你怎麼從醫院裏跑出來的，我就不嫌你煩人了！是不是找到什麼新方法來治你的胳膊了？」

李傑還沒說話，夏宇卻先開口說道：「李傑大哥，你胳膊病了麼？告訴我症狀，我來幫你看看，也許我能找到方法！」

他剛說完才想起來，這兩個人都比他厲害，自己又有什麼資格給李傑做診斷呢。出乎意料的是，兩個人沒有笑他，李傑更是將自己的情況給他說了一遍，從感染開始，一直說到最近的換血。李傑剛剛說完。安德魯和夏宇都驚呆了。

「換血？李傑你真是膽大妄爲，的確是一個好方法！我都沒有想到，不過，這不是長久的方法，畢竟不是真實的血液，雖然人造代血漿也能運送氧氣，但是，畢竟其中的組成差距太大了，經常換可不行。」

李傑當然也知道，要不然他也不會拚命地找解決的方法了。夏宇從李傑述說病症開始，他就一直在想辦法治療這個病。

這個疾病不是很常見。他又沒什麼臨床經驗，雖然飽覽群書，卻是一下子沒想出什麼辦法來。

「我又發現一個可能的原因，也是最可能的原因！那就是遺傳，我想回家一次，對我媽媽的血做一次檢驗，同時也對我的血液做一次分析。」李傑卻在這個時候說出這樣的話。

安德魯拍了一下大腿，恍然大悟道：「我怎麼沒有想到。你母親患過主動脈瘤！我自己就是研究這方面的，竟然會忽略了這點！不過你不用著急，等我們經確定了不是『免疫功能紊亂』與『血管神經調節障礙』，再去也不遲啊！」

「我等不及了，正好我也打算回家一趟，這個檢驗還是需要您來做。治療也要靠您了。現在國內沒有這種對症的藥。」

「如果是遺傳，痊癒就成了不可能的事，總是會有復發。不過你放心，你這個病我很有興趣，就算你不求我，我也會幫忙到底的！」

李傑點了點頭，他也知道這點，但是現在已經基本上找到病根了，也就不用害怕了。現在擔心也是沒有用的，如果安德魯都幫不了他。那麼誰都無法幫他。

回家其實是李傑期盼已久的事了，畢竟已經快一年沒有回去了，雖然打過電話，知道父母身體都算健康，但他還是忍不住擔心！

「聽天由命吧！我的法洛四聯症的手術還能做麼?江振南教授也是挺著急的！」

「看看吧，如果順利，也許很快就能完成。」安德魯說完這句，看著李傑依然低頭不語，於是又說道，「不要想得太多，沒有人要求你必須做這些手術，不要讓自己背負得太多。你只是一個普通人，不要總是把責任攬到自己身上。」

李傑有點心太軟，總是喜歡往自己身上攬事，現在他又多了一個小跟班——「包子醫生」夏宇，一個白白淨淨的大男孩。

不過，李傑覺得帶著個小跟班是賺了，不說別的，就他做的那手包子可真是很好吃！

他做的包子皮薄餡大，油而不膩，李傑真的懷疑這個小子選擇了當醫生，而不是賣包子會不會有點錯誤。

李傑正在夏宇家吃包子。他來這裏，同時也是想把夏宇打算當醫生，而他李傑則會幫助他，第一站就是出門積累行醫經驗這件事情告訴夏宇的母親。

「李傑醫生！小宇沒有出過門，還希望你多照顧他！」夏宇的媽媽擔心地說。

可憐天下父母心，李傑看得出這位媽媽很捨不得兒子離開，但也沒有辦法，兒子總不能在母親的羽翼下生活一輩子。

李傑拍著胸脯保證道：「伯母您放心，我會照顧他的，我這次帶他去，就是待一個月左右。如果他不適應，我就帶他回來。」

李傑已經計畫好了帶著這個小子回去，現在他的藥店就只有胡澈一個醫生。那麼大的藥店，他恐怕忙不過來。夏宇雖然聽過課，但沒有做過實驗，動手能力肯定差得很遠，去胡澈醫生那裏，他可以學到很多，同時胡澈醫生也會輕鬆不少。

「媽，你就別擔心了，你放心，我肯定會做個好醫生。我倒是擔心你，沒有我幫忙，你一個人怎麼忙得過來！」夏宇擔心道。

「媽都習慣了，兒子你放心吧！」

聽著母子兩人的對話，李傑突然覺得自己有點殘忍。其實，他今天才知道，夏宇是單親家庭，母親靠著賣包子供養孩子的心酸又有誰能瞭解呢！

殘忍不過是暫時的，夏宇賣包子不是長久之計，他做的包子再好吃也賣不到狗不理的份上。這個孩子身體虛弱，還不知有什麼病，體力勞動肯定不是辦法。

李傑這個人心軟，最見不得這樣的情形，於是偷偷地跑出去，讓他們母子兩個說說心裏話。

李傑這次回去並不需要多久。他不過是去對母親的血液進行檢驗，找到自己的病是否有遺傳因素。李傑沒有跟任何人告別，甚至也沒跟石清告別。李傑只是抽空告訴她要離開幾天。在康達忙得天昏地暗的她也沒有多想。

D市是J省的省會城市，這裏要比李傑家鄉所在的L市大了不知道多少倍，其實李傑回家是不用經過這座城市的，但L市的醫院的儀器實在太差勁了，做遺傳檢驗還不行。

李傑就決定在這座城市的大醫院裏進行。

D市有兩家很有名的醫院，一個是人民醫院，一個是中日聯誼醫院。兩家醫院各有特點，總體上來說算是平分秋色。

李傑是一個路癡，只要一到大樓多的地方就頭暈，怎麼也找不到方向。雖然這裏是他的家鄉，他依然分不清東南西北。

「包子醫生」夏宇也是一樣，而且長途旅行的勞累與炎熱的天氣讓他的瘦弱身體很吃不消，所以這一路都是安德魯帶路。這個胖子其實也跟李傑差不多，他一樣不認路，但是他卻不承認自己是路癡，而是拿著地圖裝模作樣地看了半天。

三個人攔了一輛計程車，安德魯費了好大勁才擠進這個小小的車內，他一個人幾乎就佔據了後面兩個人的座位。可憐的「包子醫生」夏宇被他擠成「餡餅醫生」了，李傑卻很僥幸地坐在前排。

「去醫院！」安德魯擦著汗說道。北方的夏天雖然比不上南方，但依舊熱得讓人受不了，特別是他這樣的胖子，在夏天最難受。

「坐好了，最近的醫院，是麼？」司機問道。

「走吧！沒錯！」安德魯又看了一下地圖，然後確認道。

當李傑走出計程車的時候，他們才發現，眼前的這幢小樓實在太破、太矮了，一點也看不出大醫院應該有的氣勢。

很明顯，他們是走錯了，這裏不是他們想去的人民醫院或者中日聯誼醫院。

「安德魯，你不是說你能找到麼？剛剛直接說去人民醫院不就完了！都是你自作聰明。」李傑沒好氣道。

「別生氣，我們再找一輛車，這次直接告訴他，我們先去人民醫院，然後再去中日聯誼醫院。」安德魯滿臉堆笑道。

這條街不是很熱鬧，來來往往的人不多，等了好一會兒也沒有一輛計程車過來。

「你不覺得奇怪麼？這個醫院怎麼沒有人來看病？」安德魯突然問道。

「我怎麼知道，可能在整頓吧！」李傑沒好氣道，炎熱的太陽曬得他快要爆了，他可沒有功夫管這個醫院的事，現在唯一的想法就是早點離開這裏。

「哎，患者來了。還來了好幾個！」安德魯說道。

李傑順著安德魯指的方向望去，的確是來了幾個患者，不過看起來很奇怪，他們一個個步伐矯健，似乎根本沒病。

安德魯回頭看了一眼，這個醫院的大門上掛著牌子，「紅星醫院」，接著轉頭對那幾個人說道：「來紅星醫院看病麼？」

「你們是這裏的醫生？」來人說道。

「是啊！我們兩個人都算醫生！」安德魯剛說完，李傑就知道不好，眼前這幾個人就不是看病的。

可惜話已經說出去了，沒有機會挽回了！幾個人聽完安德魯的話，臉色立刻變得兇惡起來。

只見那幾個人不知道從什麼地方抽出了棒子，領頭的大聲吼叫道：「就是他們，兄弟們給我上！」

安德魯覺得這是在黑幫電影裏才能看到的場景，頓時熱血沸騰，感覺自己似乎成了男主角，是被千萬人追殺也能全身而退的主角。不過，他不知道能不能堅持到最後，一般被追殺的男主角總會在逃亡的路上有豔遇。

「快跑！」李傑拉著還在胡思亂想的安德魯和夏宇，飛快地向醫院裏跑去。眼前的這幾個人肯定認錯人了，但現在他們肯定不聽解釋。

安德魯雖然體型巨大，胖得幾乎成了一個肉團，但跑起來卻絕對快速，就如受了驚的野豬一般。

夏宇似乎很害怕，跑起來也很快，剛才虛弱的狀態一下子全沒有了。沒多久，李傑反而跑在了最後面。他聽著後面急促的腳步聲，覺得心都要跳了出來。

三個人衝進醫院的大門，李傑隨手將門一關，後又拚了命地跑。他心中暗歎倒楣，怎麼會遇到這麼幾個不講理的傢伙。

醫院的破門顯然擋不住這幾個憤怒的壯漢，他們咆哮著衝了過來。李傑覺得這輩子從來也沒有跑過這麼快，兩條腿好像不是自己的一般，就如同輪子在飛速地轉著。

三個人跑進醫院的大樓，卻發現這裏冷清得很，只有一個看大門的老大爺在打瞌睡，其他的護士、醫生都不見蹤影。

李傑不由得一陣失望。其實他沒安好心，這些不講理的暴徒似乎非常恨醫生。他本打算跑進醫院，希望他們看到穿白大褂的多了，就不會追逐他們三個了！

醫生們多了，也可以將這群傢伙制住，可誰知道這裏竟然一個醫生也沒有。

「這裏，快進來！」跑在最前面的夏宇發現一個沒有鎖的屋子，立刻跑了進去，對李傑和安德魯招手道。

現在唯一的方法也就是進去躲一躲了。這個小屋子成了三個人的諾亞方舟。跑進去後，李傑趕緊找了一張桌子把門頂住，但還是不放心，又讓安德魯使勁頂著門。

「你們給我開門！」外面吼叫道。

「你們認錯人了，我們今天剛剛來這裏，不是這裏的醫生！」李傑喊道。

「敢做不敢當，你們都承認了是醫生還在這裏狡辯。」

他們一邊說著一邊撞著門，還好有安德魯這個大胖子在，否則以李傑和夏宇這樣兩個人的氣力肯定頂不住。

「我們報警吧！」夏宇說道。

「報什麼警啊！又沒有電話。」安德魯說。

這群人顯然喪失了理智。不問青紅皂白的上來就想打人。李傑隔著門向他們解釋，他們也不聽。李傑心想，這真是比黑社會還黑社會。

「這個醫院怎麼一個人也沒有，你看這個屋應該是個診斷室，看起來荒廢挺長時間了！」安德魯指著一本病歷說道。

李傑立刻明白了，肯定是醫院得罪了這夥人，被這群不講理的人鬧得瀕臨倒閉了。

「門口的兄弟們，我們幾個是醫生，但不是這個醫院的！我們不過是路過的醫生，如果你們有什麼事，跟我們說說好麼？我肯定幫忙！」李傑高喊道。

「去你的，你們醫生沒有一個好東西。我老婆進醫院的時候，你們說得比什麼都好聽，現在怎麼樣了?跑得一個都不剩，你們今天都別想走！」

如果在平時，李傑肯定也跟著發怒了，這群人蠻不講理，見人就打，拋開醫療事故不說，他們平時肯定也是橫行霸道的主，吃點虧就覺得不得了，彷彿他們是天下最冤的人。

「你們這麼鬧下去也沒有結果，不如我們好好談談。我是ＢＪ第一附屬醫院的醫生，如果你們有什麼病，只要能救治，我就可以免費爲你們治好！」李傑不喜歡把話說得太滿，但是到了這個時候，不得不說得誇張點，讓他們安心。

外面安靜下來，隱約地能聽到他們在商量什麼。李傑知道自己的話起作用了，於是繼續說道：「你們不用擔心，如果是醫療事故，我還會幫你們打官司。保證你們會贏，如果你們不信也沒有辦法，一會兒我的朋友就會來找我。到時候看不到我，肯定會報警！」

似乎是李傑最後的一句話起了作用，他們中的一個人說道：「好罷，你現在就跟我去看看病人，如果你騙我們，保證不讓你活著走出去。」

李傑覺得有些好笑，明明已經服軟了，還要裝作惡狠狠的樣子威脅人。只要讓自己出了屋子，他李傑自然有辦法脫困。

夏宇被這群兇惡的傢伙嚇得有些腿軟，可看到李傑氣定神閑的樣子，他又放心了許多。安德魯總是那副老樣子，也不知道是太有把握還是嚇得已經傻了。

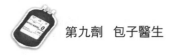

李傑挪開了頂住門的桌子，然後輕輕地打開了門。剛才因爲跑得太慌張，他沒有看清楚這幾個人，甚至是幾個人都不清楚。

他這才看到門口一共四個人，看長相與穿著不過都是普通農民的樣子，誰知道善良樸實的農民也會變得如此兇狠。

「走吧，帶我去看看患者！」李傑說道。

這幾個人對望了一眼，顯然沒有想到李傑出來的第一句話竟然是說這個。他們不由得都感到羞愧，準備了半天的狠話、惡話，甚至動手打人的心都沒有了。

李傑見狀心想，當善良溫順的山羊都開始咬人的時候，肯定是出了嚴重的問題，恐怕這些農民真是受到了很大的委屈。

「我們真的跟他們去？」安德魯小聲地用德語問道。

李傑沒有回答安德魯，而是轉身對領頭那個說道：「這位胖子大哥是外國的教授，不是醫生，我跟你們去。讓他們兩個回賓館吧！如果你們有哪個兄弟方便的話，可以送他去國際大酒店。」

貌似頭領的人略微地考慮一下，然後點頭同意了，並且派了一個人送安德魯回去。本來他們也要帶夏宇回去的，可是這個倔強的小子鐵了心要跟李傑一起走。

紅星醫院的事在D市鬧得很大。報紙、電視雖然沒報導，但全市人都隱約知道點相關消息，但就是沒有人管得了。

這其中的黑幕多得數不清，事情牽連得太大了。官員們相互推脫責任，當地政府也睜隻眼閉隻眼。

李傑猜測得沒錯。這幾個人都是沒什麼心機的農民，爲首的那位姓張，李傑沒一會兒就跟他聊熟悉了。他一口一個老張大哥，叫得親熱得很。老張幾乎都要把李傑當成親弟弟了。

那老張也完全對李傑放下了戒心，懊悔地說道：「多虧了剛剛沒有傷到你。要不我可真是狗咬呂洞賓，不識好壞人啊！都是那些紅星醫院的醫生，也不知道跑哪裏去了。」

「紅星醫院的人跑到什麼地方不要緊，目前最重要的是患者的情況！」

李傑說到患者，勾起了他們埋在心底的悲傷。這幾位而立之年的農家漢子都忍不住哭了出來。根據老張的敘述，李傑得知他們都是郊區的菜農。

他們互相原本都不認識。如果不是因爲親屬病倒了，他們恐怕都不會見面。因爲紅星醫院距離南郊最近，所以也成了他們看病的首選地點。

醫院在他們眼裏都是神聖的地方。醫生這個職業在他們的印象裏也都是神仙的化身。他們心想，得了病只要去醫院看看，必定藥到病除。

紅星醫院其實不錯，可誰知道幾天前竟然出了事。老張的妻子本來正在地裏幹活，突然覺得腹部劇痛，就被送到了醫院。

「本來說是闌尾炎，誰知道這麼小的病，現在竟然不行了！」老張聲音有些哽咽，幾乎要哭了出來。

「我弟弟也是，明明一個小病，就是胃痛，非說要開刀。開了刀，結果現在就不行了！這群天殺的醫生！」

每個人的情況都差不多，都是一點兒小病去醫院，結果被弄成了嚴重的疾病。

「那醫院的醫生呢？不是被你們幾個打跑了吧？」李傑疑問道。

「我們幾個哪裏有這麼厲害，醫院裏很多患者都被診斷壞了！」老張歎氣道。

如果一兩次的誤診是有可能，但是全醫院都誤診，那就有問題了！但是李傑沒有點破。

「患者在哪裏？」

「嗯，家裏！」

「開什麼玩笑？」李傑怒道，「爲什麼不送醫院，帶我去看看！」

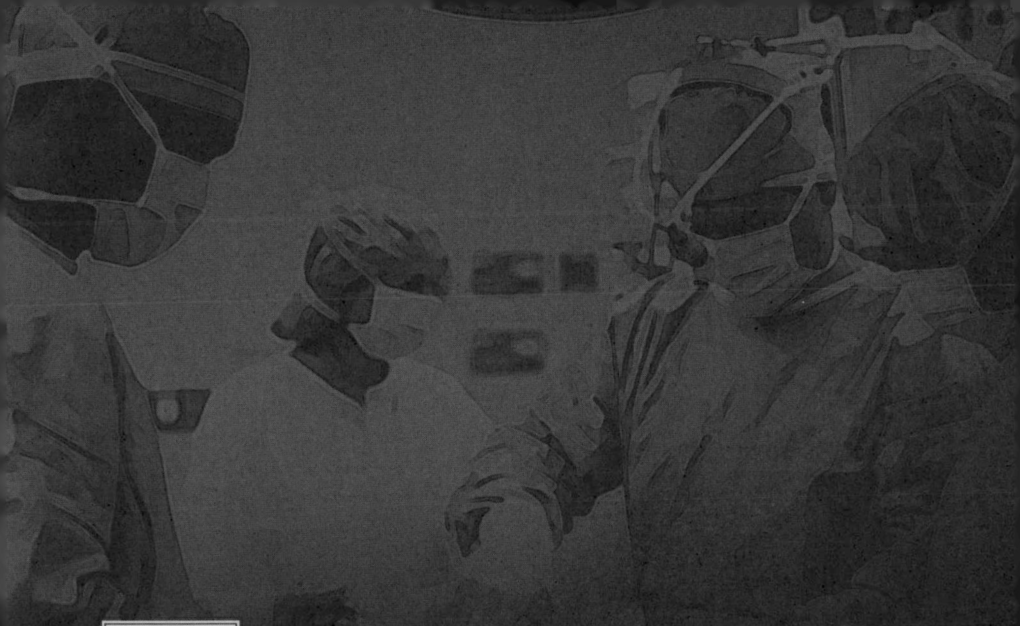

第十劑

沒有醫生的醫院

這裏的手術室都是非觀摩式的，他們進來的地方就是李傑正在手術的地方。
手術正在進行中，患者的生命可以說是行走在鋼絲上，
一個不小心都會賠進去。
李傑大聲呵斥道：「都出去，另外去找幾個醫生過來，一個人無法完成這個手術！」
一個人不需要助手，不需要麻醉師，不需要護士而獨立完成手術幾乎是不可能的事情。
就算你可以一心三用，但你只有一雙眼睛，兩隻手。

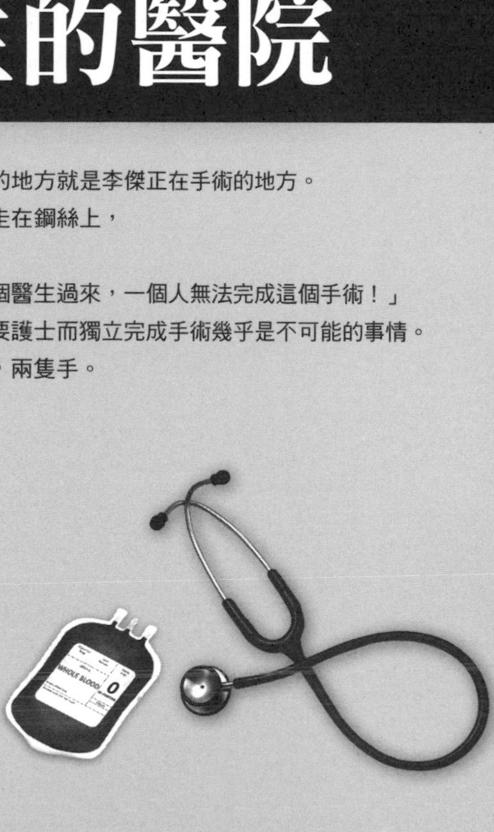

D市的郊區住滿了菜農，他們總是天濛濛亮的時候就早早地起床，收割蔬菜，然後賣給菜販子。他們賺的都是辛苦錢，賺的都是血汗錢。他們雖然勞累，但是他們快樂，雖然貧窮，但是他們善良。

一群人首先去的是老張的家。患者就躺在床上，此刻正睡著。這個時候的她除了腹部的包紮外，跟正常人沒有什麼兩樣。

李傑上前去對患者做了簡單的檢查，然後說道：「趕快把患者送到醫院！」

「可是如果送醫院，以後怎麼打官司，他們將我……」

「送醫院！」李傑冷冷地說道，「你們是想打贏官司，還是想留住親人！」

夏宇害怕他們吵起來，於是勸解道：「別吵，現在送醫院是主要的。患者這樣看起來沒事，實際上她的症狀已經很嚴重了。」

患者目前在發燒，意識也不是那麼清楚，多虧了李傑發現得早，否則早沒救了。

老張是一個頑固的人，他原本不想送妻子到醫院，但是聽到李傑的話，卻動搖了。

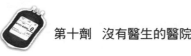

可能這個陌生的年輕醫生那種高度的自信和不容置疑的權威讓他改變了想法吧！

老張的妻子是一個三十多歲的農村婦女，長期的體力勞動使她身體很健壯。她一直都沒有什麼病，可這次就是這麼一個小小的闌尾炎，卻讓她幾乎死掉。

「高燒，意識模糊，恐怕是嚴重的感染！」夏宇低聲對李傑說道。

「我知道，也許是在剛才的紅星醫院手術室感染了吧！要解決這個問題，也並不是什麼難題，只要找到感染源，然後用多倍的抗生素就可以治癒！」

兩個人走出屋外，正在說話的時候，老張卻慌張地跑過來了，或許因爲太著急，他說話都有些結巴。

「救……救……救救她，醫生，她不行了！」

看到他那慌張的樣子，李傑就知道出事了。不等他說完，李傑就跑了過去。

他看到老張的妻子顯得很痛苦，但是卻又說不出來。她臉上滿是汗水，在床上不停地翻滾著，腹部的傷口已經滲出血液來。看情形是不能等了。

「立刻送醫院！張大哥，你快點準備車！」李傑說著，和夏宇一起，把患者用床單一裹，抬著就走。

老張這裏一時半會兒也找不到什麼車。於是，他只有開著自己家的拖拉機來了，雖然開不快，但好歹也是輛車，比走路要快多了。

這個緊要關頭也顧不得那麼多了！李傑和夏宇抬著患者上了拖拉機的後翻斗，老張玩命一般地開動了拖拉機。

其他的幾個人看到老張的妻子這般痛苦，也都顧不得感歎他這樣瘋狂地開拖拉機了。為防意外，他們都回去送自己家的患者上醫院了。

「開往紅星醫院！」情急之中，李傑想到了剛才這個最近的醫院。

老張已經陷入瘋狂，紅著眼睛猛開拖拉機，聽到李傑的話，也不多考慮，就直接開向紅星醫院。

「把手術包給我！」李傑對夏宇說道。他知道這很瘋狂，但是沒有辦法了。

夏宇的手術包是剛才在紅星醫院順手拿的。他因為只上過理論課，從來也沒有做過實驗，所以對一切醫療器械都有一種特殊的喜愛。當他在紅星醫院的時候，發現一個未開封的手術包，便順手拿了過來。

其實，這個手術包李傑也看到了，夏宇不拿，他也會拿。他當時心想，也許過來治療這些處在高危期的人會用得上，誰知還真派上用場了。

「準備開腹，患者很危險！」李傑對夏宇說道。

剛才觸診的時候，李傑摸到了患者腸道的異常。順著切口，很快他就證實了剛才的診斷，患者很明顯是感染化膿。

普通醫生可能找腹部的腸需要一點點摸索，需要根據經典解剖圖譜標示的位置來確定。李傑可不一樣，他是一個老手，他瞭解人體內部幾乎比瞭解人體外表皮膚還要清楚。

李傑伸手接觸腸道的套疊，然後做了一個讓夏宇弄不明白的動作，他使勁地按壓腸管，又用手術刀在裏面切了幾刀。

夏宇因爲角度的原因，同時也是因爲對腸認識不足的原因，他不知道李傑切割的是哪部分，也不知道他的目的。

腹腔內傳來一股子讓人作嘔的氣味，李傑覺得自己要吐了，但他最後還是忍住了。剛才腸道內的氣體梗阻了腸，造成了最後的腸套疊。

他還不清楚其中的原因，但是解除表面的症狀是目前最重要的，起碼能讓患者好受一些。李傑之前的擠壓，就是將腸道內的氣體儘量聚集，然後兩刀割裂出口子，排出氣體。

這些氣味，李傑判斷應是某些病菌引起的感染發出的，同時也包括食物分解出的氣體。

長途坐車和先前被追時一路的奔跑，使得李傑的氣力消耗了不少。他剛才幾刀下去，解除了最急的問題，李傑才感覺到自己幾乎耗盡了精力，雖然這只是一小會兒的功夫，但巨大的壓力卻差點擊潰了他。

讓人高興的是，患者的心跳終於恢復正常，血壓也穩定下來了。

夏宇早就從學校其他學生口中聽說過李傑，說他手術動作很是優雅，讓人看起來就像一個大師在精雕細琢藝術品一般。但是，現在他覺得李傑的形象更像一個屠夫。

他同時也聽說過，李傑的手術很令人驚訝，他很喜歡用非常規的手法。手術中總是充滿著驚險，但李傑卻總是能神奇地化險爲夷。這次看到李傑的手術，他算有了切身的體驗。

拖拉機在老張瘋狂的驅動下也已經開到了市區。

「交警來了，怎麼辦？」老張雖然瘋狂，但還沒有喪失理智。

「直接開，他不會攔你，紅星醫院還有不到兩里了，加油！」

交警哪裏見過拖拉機這樣大搖大擺猛衝的，正在奇怪的時候，卻發現了更讓他驚奇的事，這個拖拉機還不是普通的拖拉機。

車上竟然還有兩個醫生正在搶救病人，而且還是在開刀，如果不是親眼看到，他會認爲這是假的。

拖拉機當救護車，兩個二十歲左右的醫生，白大褂、口罩、手套一樣也沒有，竟然就在拖拉機後翻斗裏面做手術。

「患者呼吸困難，心跳加快！」夏宇著急地說道，接著又檢測有沒有其他的症狀。

李傑也發現了患者新的狀況，可能是因爲顛簸的拖拉機加速了她疾病的惡化，但是現在卻查不出什麼原因了。

還好距離醫院不遠了，只要設備齊全，不是絕症，李傑都有信心把人搶救回來。

交警見狀，放行了拖拉機，並且爲這個救護拖拉機開路，以保證剩下的路程不會被其他的交警抓住。

老張很感激這個交警。很快地，他已經能看到紅星醫院的小樓了，他此刻彷彿看到了希望，但隨即又覺得這個希望有些渺茫，因爲醫院門口竟然有人打架。

現在，患者已經面色蒼白、口唇紫青、大汗淋漓、四肢冰冷，呼吸也十分困難。李傑也管不了那些門口打架的人了。現在他只想讓這個患者脫離危險。

交警雖然屬於員警，但畢竟不是治安警察，就算是員警，一個人的力量也太渺小了點。那些打架的人已經陷入了瘋狂，根本不在乎這一個交警或員警。

想都不用想，他們見狀就知道打架的雙方肯定是醫院人員與患者的家屬。

當失去理智的家屬看到李傑和夏宇抬著人準備進醫院的時候，他們就認定這兩個人也是這裏的醫生，也不管他們是不是在救人，叫嚷著衝了過來。

「他們兩個也是醫生，兄弟們不能放過他們！」一個近乎瘋狂的聲音高喊道。

李傑覺得這些人顯然跟老張他們不一樣，他們看起來根本就不是農民，更多的是刁民，不問青紅皂白，也不管別人死活。

李傑心想，這些可憐人有時候也很是可恨。他們明明是受害者，是有理的一方，卻因爲衝動，因爲憤怒而變成了惡人，變成了傷害他人的人。

李傑和夏宇兩個抬著的患者很明顯是一個重症的急診患者，對於患者來說，時間就是生命，他們如果真打了李傑和夏宇，恐怕在法律上也要判一個間接殺人的罪名。

「你們聽我說！」老張緊張地攔在他們面前，話剛說出一句就感到鼻子一酸，眼前一黑，接著失去了重心，一屁股坐到地上。

衝在最前頭的傢伙是一個壯漢，三十歲上下，個頭不高卻強壯得很。他是來爲姐姐出氣的，他姐姐在這個醫院把肝臟給治療壞了，已經嚴重到了必死的程度。

滿腔的怒火讓他失去了理智，看到紅星的醫生他就想殺掉他們，爲姐姐報仇。本來他還有些害怕，畢竟打人是犯法的。但是後來，他發現打人的確犯法，但是打紅星的醫生卻沒有人來管，於是他膽子大了起來。幾乎是見到醫生他就打，報仇讓他覺得很爽快。

他覺得今天運氣不錯，除了第一天外，他以後幾乎沒有見過紅星醫院的醫生，今日竟然連續遇到幾個，第一批還在打著，竟然又來了第二批。

他本以爲這兩個瘦弱的醫生他一個人就能捏死。他們一個皮膚黝黑，一個皮膚慘白，兩個傢伙肯定會嚇得求饒，可是當他跑到他們身邊，才發現這兩個人沒有絲毫的驚慌。

眼前的這個黑皮膚醫生冷靜得可怕，當他衝到這個醫生面前的時候，他停住了，不僅僅是腳步，準備揮舞出去的拳頭也停住了。

他不是傻子，雖然他外表很粗獷，但是他確實是一個聰明人。當然是他自認聰明，他的朋友都覺得他是一個滑頭。

他深切地感覺到生命受到了威脅，脖子上架著一柄刀，很小的手術刀，但是很鋒利。他的皮膚已經流出鮮血，雖然不疼，但是他卻很害怕，怕得雙腳發軟。他想跪下求饒。

「滾！」李傑冷冷地說道。

壯漢走也不是，留也不是，他不想背負懦夫的名號，但他也珍惜自己的生命。他覺得眼前這個小子不是開玩笑，那眼神就是一種要殺人的眼神，很冷，徹骨寒冷。

其他人沒有手術刀架在脖子上，當然不害怕，還都在躍躍欲試。

李傑表面冷靜，心中卻也害怕，這些人都快成暴民了。這要是被打一頓，不死也得掉幾層皮。

用救人的手術刀來割人的脖子，可不是李傑願意的。這也是沒有辦法，他一個文弱的剛畢業的學生，怎麼可能打得過這些人。

也就仗著自己經常手術，手比較快而且先發制人而已。所謂割喉不過都是裝的，就算割喉，李傑也會選擇避開頸動脈。

「你們都想好了，這個患者是急症。如果我被你們影響，造成了她的死亡，你們都是謀殺罪。一個都跑不了，全部槍斃！」

壯漢再也受不了這樣大的心理壓力，他終於崩潰了，退卻了，其他人也都一樣。當殺人的罪名這頂大帽子扣下來的時候，沒有人不害怕。

李傑沒有功夫跟他們磨，他收起手術刀，然後和夏宇趕快抬著患者跑進了醫院。

紅星醫院雖然不大，但也分好幾層，各種房間錯綜複雜，標牌又被鬧事的人給摘了，很難分清科室。還好手術室的建築風格較其他房間有明顯的差異。李傑在快速前進的時候，順手將消防櫃子的玻璃打破，然後將裏面的小斧頭給取了出來。

夏宇開始還納悶李傑要幹什麼，猜測了半天還以爲李傑是以防萬一，弄個武器，防止那些鬧事的傢伙們突然襲擊。

到了手術室門口，他才明白，那手術室的門上掛著一個鐵鏈，還有一個巨大的銅鎖。如果沒有這個斧頭，是怎麼也打不破的。

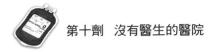

剛才那些打人的傢伙都跟在李傑後面，走近手術室，他們此刻都冷靜了下來。現在他們開始關心這個患者的傷勢，彷彿這個患者是他們的親屬一般。

沒有人能比在場的人更能明白親人受到傷害的痛苦了，他們對於老張表示深深道歉並且幫助老張祈禱著，希望患者能夠轉危爲安。

紅星醫院雖然這一陣沒有人，但是醫療器械以及藥品都是齊全的。這些重大醫療事故也不過是在幾天前才發生的。

剛才李傑出來的時候還特別留意了一下，這裏幾乎所有東西都是保存完好的。

恐怕是老張這些人鬧得太凶了，醫生們都沒有來得及處理這些醫療事故，也沒有來得及將醫院封閉，就跑了。

手術室還很乾淨，各種儀器也都擺放整齊，紅星醫院的醫生離開時應該是很平靜的，沒有絲毫的匆忙，這給李傑現在救人帶來了很大的方便。李傑一直以手術快而聞名，他的手快其實不僅僅是指手術方面，他在各項醫療工作中都是很快的。

在將患者放到手術台上以後，他很快就給患者連接上了幾個最重要的儀器，這是監視手術中的幾種必要生命指標用的。

夏宇畢竟是一個新手，一個手術台上的菜鳥，他有的不過是書本上的知識，理論上還差很遠。遇到這樣緊急的情況，他也幫不上什麼忙，只能傻傻地看著。

沒有麻醉師，李傑就自己來給患者施行麻醉。他自己來配置麻醉藥，夏宇覺得他的動作不像人類，幾個玻璃瓶被他一同敲碎，然後他用針管迅速吸盡藥品。

其實這還不是全部，李傑配藥的速度很快，同時量也是很準確的，誤差幾乎小於一毫升。麻醉劑量是要根據體重來計算的，每個人的量都不能少，也不能多。

麻醉以及安插儀器消耗了大量寶貴的時間，患者此時呼吸困難程度在加重。

李傑在剛剛進手術室的時候已經給她吸氧了，可是她口唇發紫的症狀依然沒有改善，很明顯，她迫切地需要治療。

手術室裏，李傑不僅僅擔當麻醉師，同時也兼了器械護士，堆在一起的手術器械找起來很麻煩，可這時，李傑也不得不親自挑選器械。通過聽診，李傑確定了患者肺部的問題。

李傑剛準備手術，手術刀才握在手中，監視器卻發出嘀嘀的警報聲。

「患者血壓快速下降，心室纖維性顫動！」夏宇說著將除顫器材推了過來。

李傑塗好導電膠，充電，然後按壓在患者的胸口上。作用於心臟的瞬間高能脈衝的高壓可以消除某些心律失常，使心律恢復正常，從而使上述心臟疾病患者得到搶救和治療。

現在，眼前的患者心室無整體收縮能力，心臟射血和血液循環終止，如不及時搶救，就可能因腦部缺氧時間過長而死亡。

充電，第一次電擊，心室纖維性顫動。充電，第二次電擊，依然心室纖維性顫動。李傑額頭已可以清晰地看見汗珠。

此刻，沒有器械護士給他擦汗，他甚至連手術帽都沒有戴，一個沒有進行規範手術準備的醫生卻在進行著一個超高難度的手術。

「恢復吧！」李傑祈禱著，電擊能不能使心臟恢復正常要看她的造化了，要看老天是否幫忙，對此，李傑能比其他醫生多做的，可能就是祈禱了。

第三次電擊。心臟不正常的嘀嘀警報終於停止了，患者的心臟恢復跳動。

李傑抽出患者的一針管血遞給夏宇說道：「做配型，準備血漿，另外給我準備五百毫升的人造代血漿！打電話給供血中心！」

在血液送來之前，李傑只能儘量保持不出血，但是開胸手術，無論切口怎麼完美也都會有出血。而且接下來的手術要對血管進行處理，風險太大，不輸血幾乎無法完成。

剛才鬧事的幾個人，開始還不敢進手術室，但是後來在強大的好奇心的驅使下，還是走了進去。

這裏的手術室都是非觀摩式的，他們進來的地方就是李傑正在手術的地方。手術正在進行中，患者的生命可以說是行走在鋼絲上，一個不小心都會賠進去。李傑大聲呵斥道：「都出去，另外去找幾個醫生過來，我一個人無法完成這個手術！」

一個人不需要助手，不需要麻醉師，不需要護士而獨立完成手術幾乎是不可能的事情。就算你可以一心三用，但你只有一雙眼睛，兩隻手。

李傑能做到現在這個程度已經是極致了。他的手術刀熟練地劃開胸部皮膚，然後他打開電鋸。在電鋸與骨頭的摩擦聲音中，那些看熱鬧的傢伙們都跑掉了。

他們現在毫不懷疑剛才如果衝動，李傑架在壯漢那脖子上的刀肯定會切下去。他們覺得在李傑眼裏，人已經不是人了，不過都是一堆肉和骨頭組成的會動的東西罷了，要不然，他怎麼可能毫不猶豫地開胸切骨頭。

李傑也恨電鋸，雖然現代技術將它做得很小巧，但這依然讓李傑覺得它很暴力。打開胸骨，心臟與肺部完全地暴露出來。

手術實在太不正規了，李傑在打開胸腔的一剎那，突然想起很多需要非主刀醫生做的事情：給患者輸液，防止血液凝固，調節患者吸入氧氣的濃度……

李傑覺得自己要瘋了。

就在這個時候，他看到兩個穿著綠色手術衣的人走了進來，雖然他們戴著手術帽，戴著寬大的口罩，但是李傑卻一下子就認出了他們。

這兩個人應該是剛才在門口被攻擊的醫生。就算口罩遮了大半，那樣子還是能讓人感覺到他們的臉腫得老高，其中的一個，眼睛幾乎腫得睜不開了。

「我們來幫忙，我負責麻醉師的工作！他做助手！」快睜不開眼睛的人說道。

李傑沒有拒絕，有幫手總比沒有幫手好，好歹他們也是醫生，應該不會犯常識性錯誤，更何況能帶著這麼重的傷來救人，讓李傑很敬佩。

有了麻醉師和助手，李傑的工作就輕鬆了起碼一倍，最少他不用總是盯著那些監視生命狀況的儀器了。

因爲患者的症狀來得太急，李傑也不知道她現在的具體病症是什麼。他只好發現一個症狀，就糾正一個症狀！

好在現在幾乎沒有了威脅生命的症狀。如果一定要算出一個最嚴重的，那就是她的呼吸困難了。

李傑決定從這個呼吸困難入手，找到肺部的病變。根據目前的情況來看，應該是肺部的血管栓塞，也可能是某種原因造成肺部壓迫，無法擴張。

平凡的手術刀在李傑的手中變得神奇起來，快速切開胸壁，進入胸腔。

然後他反持手術刀，用刀柄分離肺部黏連，然後再探查肺部的病情。這是一個紅色的肺，李傑可不認爲這個肺是因爲她不吸煙或者空氣清潔而保持了這麼好的顏色。他覺得原因更可能是血液中氧氣含量很足，血液鮮紅的緣故。

可是患者的症狀是呼吸困難，那原因只可能有一個——她肺部有一個動脈栓塞堵住了血管，流入肺的血液太少了，氧氣雖然也少，但比起血液還算是很多的。更何況現在吸的是純氧，就算不栓塞也可以完全地供給身體中的氧。

李傑探清了肺內病情，準備開始做「栓塞取出術」。正當他準備做進一步探查尋找栓塞時，突然血液飛濺，直接噴到了李傑的臉上。

患者動脈出血，完全是人爲的非自然動脈出血。原來是助手的手術用組織剪掉進了患者胸腔，導致肺動脈發生破裂大出血。

這台手術沒有備用的血液。李傑雖然讓夏宇聯繫供血中心，但是現在還沒有血液到來。手術中每一步都必須小心，不能讓患者多出一點血，但是現在卻血液飛濺，甚至都噴到了他的臉上。

李傑顧不得清理臉上的血液，立即用手捏住破裂口暫時止血，然後冷冷說道：「我不想你再繼續錯下去！到一邊站著去。不許離開手術室！」

「對不起，我不是故意的！」那個受傷較輕的助手說道。

「這裏有攝影機，我從一開始就在錄影，你別想再搞什麼鬼！你要知道，如果你故意讓醫療事故發生，也算是謀殺！」李傑絲毫不留情面地說。

李傑說完，又低下頭繼續做手術，其實，他也不能完全確定這個助手是不是有意的。可是剛才那把剪刀掉得太詭異了。

他有些不敢想像，如果後來的助手和麻醉師都不是來幫忙的朋友，而是來搗亂的敵人。他們如果有意想讓手術台的患者死掉，那幾乎是易如反掌的事。

助手已經將這個手術的難度增加了一倍，這個麻醉師只要錯報幾種資料，導致李傑判斷出現失誤，那麼，這個患者就必死無疑。

破裂口雖然堵住了，但是李傑也因此困住了一隻手。現在，他只能用另一隻手來進行下一步的操作。患者現在也更加虛弱，出血讓她血壓進一步降低，還好李傑機敏，用手指堵得很快，要不然後果不堪設想。

李傑同時縱行切開心包，用心包包住出血的動脈。用心包來包住出血的動脈說起來容易，做起來卻很難。肺動脈在心包內與心軸呈垂直方向。李傑是在肺動脈下緣處用彎止血鉗夾起漿膜層，剪開，稍作鈍性分離，再用直角鉗繞過其後壁，分離出該動脈並予結紮的。

每一步都是細緻入微，同時動作迅速，絕不拖泥帶水。此刻，李傑已經忘記了右手的傷病。

接下來應該是縫合了，可是，沒有助手的縫合幾乎是不可能完成的。李傑現在只恨自己少生了兩條胳膊。

在李傑期盼幫助的時候，真的來了一雙手。那個被打得眼睛都快睜不開的麻醉師，他此刻變身成了助手。

他眯著眼看著李傑，說道：「放心，這段時間不會有問題！」

攝影機在這裏，手術所有的過程都會被記錄，李傑也不害怕他搞什麼鬼。如果搗鬼，在麻醉師的位置上要比助手容易很多！所以，李傑相信他的話，開始進行縫合。

可能是麻醉師離開得太久了，監視儀器再次發出警報聲。麻醉師立刻又回到自己的崗位，然後對李傑報告道：「心動過速，引發急性心力衰竭！」

「注射杜冷丁五十毫克、茶鹼零點二五克、地塞米松十毫克！」李傑連珠炮似的說出幾種藥物。他剛剛說完，這個麻醉師卻也正好注射完。

李傑來不及感歎這個麻醉師驚人的效率，立刻準備下一步的手術。患者的急性心力衰竭還沒有糾正，雖然注射了對症的強效藥物，但李傑覺得還應該再做一步動作，目的是減少靜脈回流。

臨床上常用的減少靜脈回流，多數是將四肢用止血帶捆住，不讓四肢的血液反流。現在患者的胸腔是打開的。

李傑不用捆綁四肢，他決定直接捆綁靜脈，阻止靜脈血液流入心臟，這樣更加直接，也更加有效。當然，不能魯莽地做完全捆綁。

這需要對患者病情作準確判斷，如果靜脈血回流過多則達不到效果，回流過少可能又會引起新的症狀。

麻醉師都覺得這太冒險了，而那個被李傑叫停的助手則更是不屑，那種輕蔑的眼神完全寫在了臉上。

然而讓人驚訝的是，患者的急性心力衰竭立刻被糾正過來了！各種症狀消失，就連患者的呼吸都恢復了正常。

壞心也可能辦好事，李傑心中暗想，剛才肺動脈的破裂處可能正好是血栓的位置，流出來的血直接將血栓清除掉了。

「患者狀況穩定……」麻醉師報告道。

手術可以算得上是成功了，患者幾種最危險的症狀都被糾正了。李傑剛鬆了一口氣，夏宇卻拿著血液跑了進來。他氣喘吁吁地對李傑說道：「血液來了，我剛剛還想找醫生的，但是不知道爲什麼，他們一聽是紅星醫院就都不來了！」

李傑回頭看了一眼剛才那個助手。他也發現李傑在看他，於是低下頭去不與李傑的目光接觸。

李傑露出一陣壞笑，然後繼續手術。他將患者腹部的膿液清理乾淨，又將在拖拉機上切開的腸子好好地修補了一番。

現在的手術比起開始之時，簡直有天壤之別。開始時手術緊張急促，現在卻是輕鬆愜意，就連最擔心的血源都找到了。

然而手術室外面的人早就等不及了，雖然還不到一個小時的時間，他們卻好像等了一年那麼久。

「出來了！」其中的一個人喊道。

「手術成功！老張大哥放心！」李傑說道。接著，不等他們歡呼，他又對他們說道，「我這裏有一個人，你們給我看好。別讓他跑了。你們家屬能不能獲得賠償，這個人就是關鍵！」

眾人一陣疑惑，都不明白李傑是什麼意思。但是他們卻對李傑的話深信不疑，在他們眼裏，李傑就是一個神仙般的人物。

一個幾乎快死掉的患者，被他在不到一個小時的時間裏救活了。他們中的多數人雖然沒有念過多少書，但誰都知道，手術不是主刀醫生獨自能完成的。

雖然醫術高明根本不能證明其他方面的任何事，特別跟李傑剛才說的話沒有關係，但是他們願意相信李傑。

其實，李傑也就是這麼推測的，他感覺這個搗亂的助手與這個奇怪的醫院有關係。這是一個很大膽的推測，其實，李傑在今天上午還不知道紅星醫院在哪裏。

現在，他又怎麼能知道這些人的家屬要求賠償的事？他所做的一切都是基於推測進行的。這個助手明顯是想讓李傑的手術失敗，李傑跟他是一個不相干的人，更不可能有什麼仇恨。

那麼原因在這個患者身上麼？患者很顯然跟李傑一樣，同這個助手根本不相干！那麼，這個傢伙針對的就是這個紅星醫院了。

李傑覺得他可能就是想讓這個患者死掉，然後醫院就可以把責任推掉。但他又覺得自己的推測有些武斷，恐怕事情沒有那麼簡單！

李傑是一個醫生，不是一個偵探，所以他不可能推測出其中的內幕。他能做的事情就是幫助這些受害者，挽救更多的生命。

「你們如果相信我，就將你們患病的家屬送到醫院，我會儘量幫忙的！」

李傑剛說完，他就發現又一輛車停在了醫院的門口，車門打開，四個年輕人抬著床板下來了，上面躺著一個患者。

「其實你在手術室裏的時候，我就通知家裏人把我生病的姐姐帶來了，求您一定要治好他！」剛才那個威脅李傑的壯漢哀求道。

李傑點了點頭，他並不記仇。就算有仇，作爲醫生，在面對患者時也要忘記這些！醫生眼裏只有患者和健康人之分。

手術本領需要經過不斷的臨床診斷與手術磨煉才能越來越強。

像李傑這樣好學的醫生是不願意錯過任何一個手術學習機會的，除非是手術太簡單了。每次手術都是一次挑戰，同時也是一次提高技術的過程。

紅星醫院也不知道到底弄病了多少健康人，李傑連續做了三台手術，幾乎累得脫力了。實在沒有辦法了，在接第三台手術的時候，他明確地告訴這群人，手術要一點點來！這是最後一台手術。

他是咬著牙狠著心說出這些話來的，看到這些人可憐兮兮的眼神，他就心軟，忍不住地想要答應。

做完最後一個手術，李傑去消毒室全面做了一次消毒，還服用了大量的廣譜抗生素。醫院的後院有一個小花園，很安靜很令人愜意，李傑偶然發現了這個地方，做完了手術，他就跑到這裏來休息。

夏宇消毒很仔細也很慢，他可沒有李傑那麼變態，李傑做全身消毒也比他做手的消毒還快。同時，他服用抗生素也比李傑要仔細，他並不是草草服用廣譜的抗生素。他經過仔細挑選，根據感染機率最大的病毒來服用抗生素，而且還是大劑量服用。當做完一切以後，他發現李傑不見了。

找了一圈，他才發現李傑竟然躲在醫院後面的小花園裏。夏宇覺得李傑應該是累壞了，他作爲一個幫忙的站在手術台邊，都累得不行。

李傑坐在一個陰涼的地方，肆意地伸著懶腰，休息了一陣以後，李傑又拿出早已經準備好了的人造代血漿。

在落日的餘暉裏，有個頹廢的男人伴隨著針管。這幅畫面看起來很熟悉，現在的李傑就是這樣，就像癮君子一般。如果不換血，李傑真的可能會成癮，會變得依賴嗎啡，他到現在還不時回味嗎啡帶來的快感。

「好點了麼？」夏宇坐在李傑的身邊問道。

「還可以，今天真是累壞了！」李傑一邊換血一邊說道，今天很是勞累，身體已經到了極限。他換血也是邊抽邊輸，因爲他害怕自己暈過去。

「身體能受得了麼？雖然輸入了人造代血漿，但畢竟不是真的血液，你這幾天已經損失了一千毫升左右的血液了。」夏宇關心道。

李傑笑了笑，沒有說話，他擔心的不是這個，換血結束以後，他又休息了一會兒，才站起來對夏宇說道：「走了！」

「去幹什麼？」夏宇跟在李傑後面問道。

「你不想知道這個醫院爲什麼連醫生都會消失麼？」李傑停了下來，面對著夏宇說。

「不是被這些人打跑的麼？」

「我覺得不是！」

「難道，難道發生了詭異事件。出現鬼了！」

「你想像力真豐富，我雖然不知道原因，但你肯定說錯了！走吧，我們去調查一下！」

請續看《醫拯天下》第二輯之六　起死回生

醫拯天下II 之五 反敗為勝

作者：趙 奪
發行人：陳曉林
出版所：風雲時代出版股份有限公司
地址：105台北市民生東路五段178號7樓之3
風雲書網：http://www.eastbooks.com.tw
官方部落格：http://eastbooks.pixnet.net/blog
Facebook：http://www.facebook.com/h7560949
信箱：h7560949@ms15.hinet.net
郵撥帳號：12043291
服務專線：(02)27560949
傳真專線：(02)27653799
執行主編：劉宇青
美術編輯：吳宗潔

法律顧問：永然法律事務所 李永然律師
北辰著作權事務所 蕭雄淋律師

版權授權：蔡雷平
初版日期：2015年5月
初版二刷：2015年5月20日
ISBN：978-986-352-137-2

總 經 銷：成信文化事業股份有限公司
地　　址：新北市新店區中正路四維巷二弄2號4樓
電　　話：(02)2219-2080

行政院新聞局局版台業字第3595號 營利事業統一編號22759935

國家圖書館出版品預行編目資料

醫拯天下.第二輯/ 趙奪著. -- 初版. -- 台北市：風雲時代，
2015.01- ;　公分

ISBN 978-986-352-137-2 (第5冊：平裝). --

857.7　　103026479

官商鬥法
你從未看過的官場小說——
揭開你不知道的官場文化
探密你不敢看的官商內幕
官與商如何勾結？官與官如何相護？
官商之間又是怎麼鬥法？不能說的潛規則怎麼運作？
人生勝利組必備傳家心法！
姜遠方 著
跟對人，前途無限光明；押錯寶，人生從此黑暗。傅華是一個初入社會的菜鳥，憑藉一流大學文憑及優秀的辦事能力，深受長官賞識與重用，將他從偏遠小鎮的秘書一職，提拔到北京權力中心擔任地方官。從此，他的人生有了一百八十度的改變……
之1 飛來艷福
之2 第一桶金
4月 鴻運出版
定價280元
特價 199元